KB075291

무명낭인 1권

초판1쇄 펴냄 | 2018년 12월 19일

지은이 | 새벽검
발행인 | 성열관

펴낸곳 | 어울림 출판사
출판등록 / 2009년 1월 23일 제313-2009-12호
주소 / 경기도 고양시 일산동구 장항동 731 동하넥서스빌딩 307호
TEL / 031-919-0122
FAX / 031-919-0127
E-mail / 5ullim@hanmail.net

Copyright ⓒ2018 새벽검
값 8,000원

ISBN 978-89-992-5187-0 (04810)
ISBN 978-89-992-5186-3 (SET)

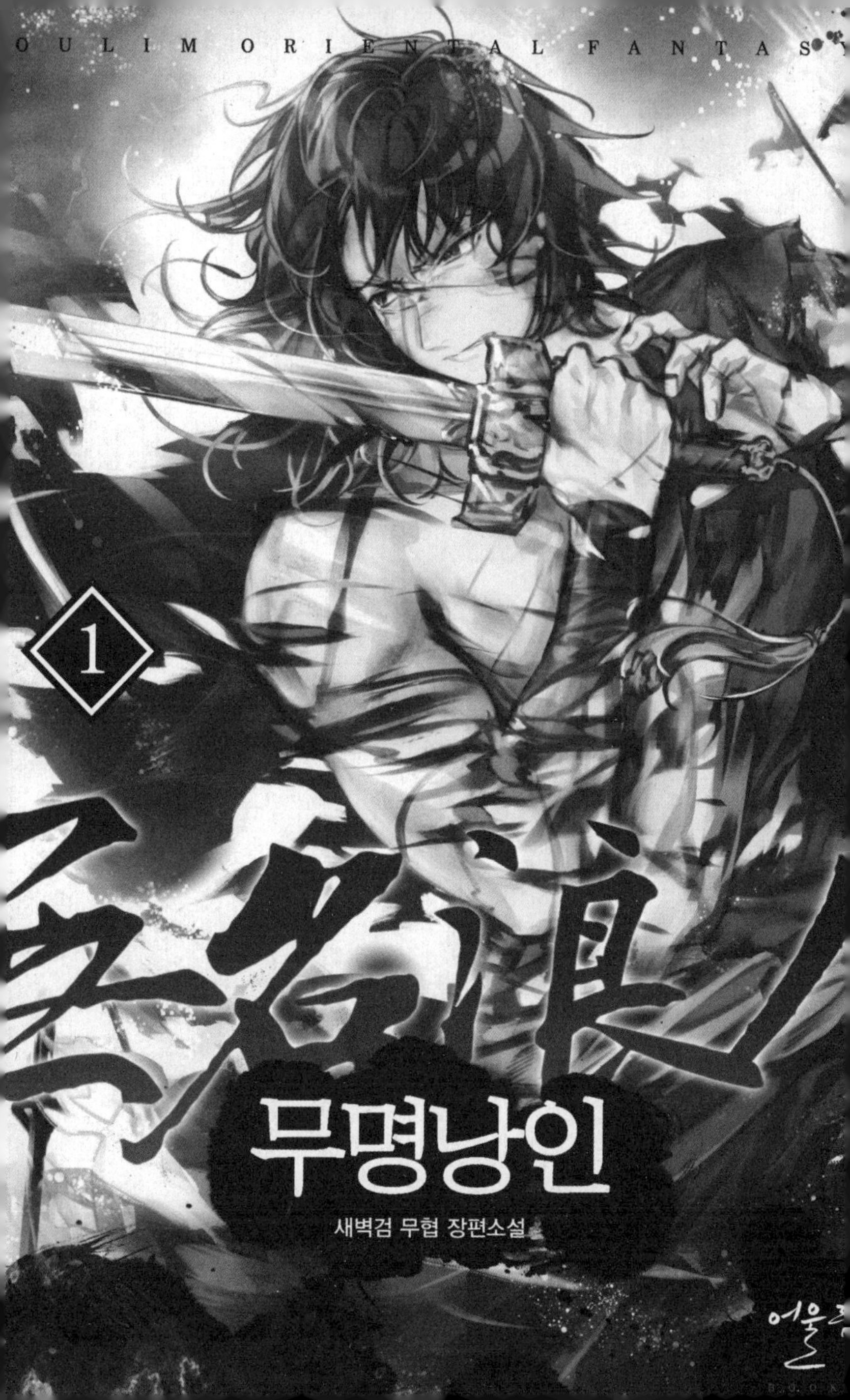
OULIM ORIENTAL FANTAS
1
무명낭인
새벽검 무협 장편소설

목차

無名浪人

무명낭인

이름 있는 낭인, 무명

은빛의 줄기가 내게 뻗어져 왔다. 그리고 줄기의 끝에서 마주한 것은 붉게 피어난 붉은 꽃들이었다.

푸르던 창공이 핏빛으로 물들어가며, 익숙한 목소리가 내 귓가에 울렸다.

'이것이 내 마지막… 자비요…….'

웃기지도 않아 웃음조차 나오지 않았다.

그저 이 모든 것이 황망하여 눈을 감을 뿐.

"쿨럭! 쿨럭!"

부스스한 머리를 긁적이던 사내는 머리맡에 두었던 바가

지에 손을 뻗었다. 기대에 가득 찬 눈으로 들여다본 바가지에는 아무것도 없었다.

"쳇!"

신경질적으로 바가지를 던진 사내가 벽에 기대었다. 사내의 등 뒤에는 낡디낡은 깃대가 처량하게 서 있었는데, 그 깃대에는 '浪人(낭인)'이란 글자가 적혀 있었다.

그렇다. 사내는 낭인이었다. 고용주를 만나 의뢰비를 받고 청부 의뢰로 먹고사는 낭인.

그러나 사내의 누더기 같은 검은 무복과 반토막 난 검을 본 사람들 중 그에게 의뢰를 맡겨야겠다고 생각한 사람은 단 한사람도 없었다.

"흐음……."

지나다니는 사람들의 행복한 웃음소리를 듣던 사내가 인상을 팍 썼다.

"참 불공평한 인생이야."

두팔로 뒤통수를 부여잡으며 벌러덩 누운 사내는 따사로운 햇빛을 마음껏 누렸다. 이 각박한 세상에서 공기 외에 무제한으로 누릴 수 있으며 단 한푼도 필요 없는, 그야말로 인간이 누릴 수 있는 최고의 특권이란 바로 따사로운 햇빛 아래에서의 낮잠을 자는 것이다.

그때, 사내의 위로 쏟아지는 햇빛이 누군가에 의해 가려졌다.

얼마 없는 자신의 특권을 방해받은 사내가 오만상을 찌

푸리며 눈을 떴다.

"뭐야?"

사내를 내려다보고 있는 것은 다름 아닌 젊은 여인이었다. 이제 막 방년을 넘긴 듯 보이는 여인을 보며 사내가 인상을 찌푸렸다.

"낭인… 맞아요?"

도리어 인상을 쓰며 사내를 훑어보던 여인은 못마땅한 표정으로 사내를 바라봤다. 낭인이 맞냐는 여인의 의심 섞인 목소리에 사내가 급히 신형을 일으켜 세우며 손으로 누더기 옷에 묻은 먼지를 털어냈다.

"흠흠! 그럼 물론이죠. 하하!"

부욱─!

털어내는 힘이 과했던 걸까. 사내의 누더기 옷이 찢어졌다. 반토막 난 검, 낡아도 너무 낡아 툭툭 털기만 해도 찢어지는 무복. 여인의 눈에 불신이 가득했다.

"낭인?"

"하하… 낭인……."

고개를 저은 여인이 품에서 철전 여덟개를 꺼낸 후 손을 뻗어 사내에게 철전을 내밀었다.

"낭인이 맞으면 내 의뢰를 들어줘요."

"의뢰?"

일단 소면 두개 정도를 사먹을 수 있는 돈이기에 얼른 주머니에 철전을 챙긴 사내가 의아한 표정으로 여인을 바라보았다. 철전 여덟 닢짜리 의뢰라니, 어디 집 나간 강아지라도 찾아와달라는 의뢰일까. 사내는 멀뚱히 여인을 바라봤다.

"내 무사가 되어줘요."

"무사?"

뜬금없는 무사 타령에 사내가 고개를 갸웃하며 물었다. 그러자 여인이 답답하다는 듯 가슴을 치며 말했다.

"그래요, 무사. 내 호위무사가 되어줘요."

"호위무사라고?"

"네."

"기간은?"

"음… 내가 '됐다!' 할 때까지요."

여인의 말에 사내가 얼른 철전을 꺼내 여인에게 돌려주며 말했다.

"아니, 무슨! 철전 여덟 닢 가지고 무사가 되어달라니! 이거 순 날강도 아니야!"

사내는 급히 호통을 치며 자신의 뒤에 꽂혀 있던 깃을 뽑아 어깨에 메고 급히 걸음을 옮겼다.

"호위무사는 무슨! 딴 데 가서 알아보슈!"

급히 걸음을 옮기는 사내를 향해 여인이 말했다.

"돈은 돌려주고 가셔야죠?"

여인의 말에 사내의 발이 우뚝 멈추었다. 다가온 여인이 손을 내밀었다. 사내는 품을 뒤져 철전 여섯닢을 내밀어진 고운 여인의 손에 올려주었다.

분명 여덟 닢 모두 주머니에 넣는걸 봤는데, 어느새 두 닢
은 따로 챙겨 품에 넣어둔 사내의 신속함에 놀라면서도 여
인은 거칠게 손을 뻗어 나머지 철전 두 닢을 빼앗았다.

"그럼, 안 하겠다는 걸로 알고 가볼게요."

사내는 딱히 붙잡을 생각이 없어 보였다.

여인도 사내가 구태여 호위무사를 해줄 필요가 없다는
듯 지체 없이 신형을 돌려 떠나기 시작했다.

"이런 재수가 없으려니… 캬악, 퉤!"

입술을 모아 땅에 침을 뱉은 사내 또한 신형을 돌려 걷기
시작했다. 그러나 사내의 걸음은 오래가지 못했다. 무릎
이 꺾이며 바닥에 주저앉은 것이다.

"커허어억!"

엄청난 공복감이 그의 뱃속과 머리를 울렸다.

"하악… 하아… 치, 침을 괜… 괜히 뱉었…….

얼마 없는 소중한 수분을 뱉어버린 자신의 모자람을 한
탄하던 사내는 멀어져가는 여인을 바라봤다.

"크흑……!"

"흠흠… 그… 저… 그 호위무사…….

"흥! 됐다면서요?"

"아니, 생각해보니 소저도 연유가 있어 호위무사가 필요
하신 것일 텐데 제가 너무 매정하게 거절한 것 같기도 하

고…….”

“그럼 철전 여덟 닢.”

“하지만, 그래도 열닢은 받아야…….”

“애초에 제 의뢰를 받았으면 열닢 정도는 생각해봤을 거예요. 하지만 그쪽이 먼저 거절했고 다시 제안하는 거니까 두개는 깎고 들어가야 맞지 않아요?”

여인의 말대로 거절을 한것도 사내였고 다시 되돌아온 것도 사내였으니, 여인의 말이 틀린 것은 아니었다.

“하지만!”

사내는 거칠게 저항했다. 그러나 여인은 단호했다.

단호히 고개를 저은 여인이 매정하게 말했다.

“싫으면 말아요.”

당당하게 걸어 나가는 여인을 향해 비쩍 마른 사내가 급히 따라가며 말했다.

“하, 하겠소.”

사내의 말에 여인이 고개를 돌려 빙긋 웃으며 말했다.

“좋아요.”

여인이 손을 내밀어 철전 여덟 닢을 건넸다. 부들거리는 손으로 철전을 받아든 사내가 소중하게 철전을 품속에 갈무리했다.

“내 이름은 소윤(小贇)이예요.”

“내 이름은… 무명(無名)이오.”

소윤이 작은 손을 내밀어 악수를 청했다. 복잡한 눈으로

내밀어진 소윤의 손을 바라보던 무명이 손을 들어 그녀의
손을 맞잡았다.

"잘 부탁해요."

"잘 부탁…하오."

맞잡은 손과 철전 여덟 냥으로 맺어진 무명과 소윤의 인
연이 시작되었다.

* * *

일단은 호위무사였기에 무명은 소윤을 따라나서기로 했
다. 가을의 시원한 바람이 무명의 앞머리를 건드리며 이마
를 간질였다. 선선하기 그지없는 가을바람에 기분이 좋아
진 무명은 저도 모르게 콧노래를 부르며 걸었다. 호위무
사가 생긴 소윤 역시 꽤나 기분이 좋은지 들뜬 발걸음으로
앞서 걸었다.

한참을 걷던 소윤의 발걸음이 멈춘 곳은 양가장이라는
아주 소박한 장원이었다.

"일단… 좀 씻어요."

소윤이 코를 슬쩍 막으며 말했다. 소윤의 반응에 무명이
소매를 슬쩍 들어올려 코를 킁킁댔는데, 생각보다 자신의
몸에서 풍기는 악취가 지독하자 무명은 놀란 눈을 두어번
끔뻑였다.

"으! 내가 맡아도 고약하군."

"알면 좀 씻어요!"

소윤의 외침에 무명이 급히 몸을 씻기 위해 움직였다. 소윤이 기거하고 있는 건물에는 나무로 지어진 작은 욕실이 있었다. 이를 발견한 무명은 단숨에 누더기가 되어버린 옷을 집어던지고 받아놓은 물에 몸을 담갔다.

"으허! 좋군!"

물에 들어가자마자 검은 땟국물이 흘러나왔지만, 무명은 아랑곳하지 않고 몸을 씻었다. 욕실에서 빠져나와 때를 밀어내는 그의 몸에는 수많은 상처가 존재했다. 자신의 몸에 난 수많은 상처를 무심하게 바라보던 무명이 가슴팍에 꽂힌 검상(劍傷)을 바라봤다.

깊고 오래된 상처. 다른 이가 무명의 가슴 쪽에 난 검상을 발견했다면, 그가 살아 있음을 기적이라 말했을 것이다.

"여기 갈아입을 옷 줄 테니까 나올 땐 이걸로 갈아입어요!"

문 밖에서 들려오는 소윤의 앙칼진 목소리에 무명이 때를 밀며 대답했다.

"알겠소!"

소윤이 마련한 옷을 입은 무명은 머리에서 뚝뚝 떨어지는 물기를 털어내며 밖으로 빠져나왔다. 씻고 나온 무명을 발견한 소윤은 팔짱을 끼고서 무명을 위아래로 훑어보았다.

16

"키는 큰데……."

그녀의 말대로 무명은 꽤 큰 키를 가지고 있었다. 그러나 뭔가 마음에 들지 않는 듯 그녀가 이리저리 무명을 살폈다.

"진짜 낭인 맞아요?"

"내가 낭인처럼 안 보인단 말이오?"

진짜 낭인이 맞냐는 소윤의 질문에 무명이 크게 놀란 듯 물었다. 그의 반응이 생각보다 격하자 소윤이 말끝을 흐리며 말했다.

"하지만 낭인들은 보통……."

위아래로 무명을 훑던 그녀가 인상을 쓰며 물었다.

"원래 이렇게 말랐어요?"

비쩍 마른 무명의 몸을 보며 그녀가 물었다. 무명은 자신의 몸을 내려다보며 말했다.

"원래는 이렇게 마르지 않았소."

"흠… 일단 오늘은 좀 쉬어요. 내일은 가야 할 곳이 있으니까!"

"갈 곳……?"

"그런 곳이 있어요."

소윤이 오른손을 들어 한곳을 가리켰다. 그녀의 손을 발견한 무명은 고개를 갸웃하며 질문했다.

"저기는 헛간이 아니오? 헛간은 왜……?"

"그야 같이 잘 순 없잖아요?"

무명이 말없이 그녀를 바라봤다. 그녀 역시 말없이 무명을 바라봤다. 무명이 그건 아니 될 일이라는 듯 고개를 저었다. 소윤 역시 고개를 젓는 무명을 마주보며 그와 똑같이 고개를 저었다.

무명이 좀 더 단호하게 고개를 저었다. 이번엔 인상까지 쓰면서 강한 자신의 의지를 보였다. 헛간에선 잘 수 없다는 그의 결의가 엿보였다.

"밥 먹기 싫어요?"

무명이 조용히 헛간으로 몸을 움직였다. 왜인지 덜렁거리며 그의 허리춤에 달려 있는 반토막 난 검이 처량하게 느껴졌다.

얼마 후, 소윤은 약속대로 작은 밥상과 함께 간소한 차림의 밥을 내어왔다. 이를 본 무명은 고맙다는 말도 없이 게걸스럽게 밥을 먹어 치우기 시작했다. 밥을 먹는 것이 아니라 집어삼키고 있는 무명을 향해 소윤이 인상을 쓰며 말했다.

"좀 천천히 먹을 수 없어요?"

말없이 먹을 것에 집중한 무명이 손가락 두개를 폈다.

"두개…? 이주? 이주씩이나 굶은 거예요?"

"으음… 두…달."

입을 벌리니 밥알이 튀어나왔고, 그마저도 아까웠는지 허겁지겁 떨어진 밥알을 주워 먹는 무명의 모습은 빈민가의 거지들을 연상케 했다. 이런 무명의 모습에 소윤이 급히 손사래를 치며 무명에게서 멀어졌다.

"모… 모자라면 말해요. 밥은 더 있으니까."

소윤의 말이 끝나기가 무섭게 무명이 밥그릇을 내밀었다. 어느새 깨끗해져 밥풀 하나 묻어 있지 않은 밥그릇을 질린 눈으로 보던 소윤이 밥그릇을 챙겨 헛간을 빠져나왔다. 밥을 챙겨주기 위해 걷던 소윤이 문득 고개를 갸웃거렸다.

"사람이 두달을 안 먹고도 살 수 있나?"

소윤은 고개를 휙 돌려 헛간을 바라봤다.

"흐음… 이거 낭인이 아니라 허풍쟁이 아냐?"

눈매를 좁히며 헛간을 바라본 소윤은 이내 다시 고개를 저으며 말했다.

"아무렴 어때. 어차피 중요한 건 그게 아닌데!"

신형을 홱 돌린 소윤은 콧노래를 흥얼거리며 식당으로 향했다.

소윤이 다섯번째로 가져다준 밥까지 모두 해치운 무명은 헛간에 배를 드러누웠다. 마른 팔과 다리 사이로 볼록 튀어나온 배는 그가 한번에 얼마나 많은 양의 밥을 먹어치웠는지 알 수 있게끔 했다.

다행히 가축이나 말을 사육하는 헛간이 아니었기에 가축의 똥오줌 냄새가 나지는 않았다. 하지만 인간으로서의 존엄성이 무너지는 것 같은 느낌에 무명은 작게 입술을 깨물었다.

"하아… 내 신세야……."

고작 철전 몇 푼에 헛간에서 살아야 하는 호위무사가 된 무명은 지붕에 난 구멍 사이로 달빛을 온몸으로 받으며 눈을 감았다.

"하… 어찌 사내로 태어나… 헛간에서… 잠을… 잘… 으음……."

머리는 이해할 수 없었으나 몸은 이해할 수 있던 것일까. 헛간에 몸을 뉘인 무명은 금세 잠이 들었다.

다음 날 아침.

새벽같이 일어난 소윤이 헛간의 문을 거칠게 열어젖혔다. 거친 소음을 내며 열린 헛간 문에도 무명은 여전히 꿈속을 유랑 중이었다.

"쩝쩝……."

무슨 꿈을 꾸는 것인지 여물을 씹는 소처럼 입을 쩝쩝거리는 무명을 향해 소윤이 손을 들어올렸다.

찰싹—!

번뜩 눈을 뜬 무명이 허벅지를 매만지며 인상을 썼다.

"무슨 짓이오!?"

"잔말 말고 따라와요!"

말을 마친 소윤이 급히 어디론가 향하자 무명은 뭐라 말도 못 하고 반토막 난 검을 챙겨 소윤을 따라나섰다.

"음……."

코를 쿵쿵대던 무명이 앞서 걷던 소윤에게 다가갔다.

"어디서 분 냄새가 나지 않소?"

"뭐라고요?"

고개를 돌린 소윤과 얼굴을 마주하게 된 무명의 표정이 복잡 그리고 심난하게 변해갔다. 급격한 표정의 변화를 보이는 무명의 모습에 소윤이 민망한 듯 볼을 붉히며 물었다.

"왜… 이상해요?"

"그, 그걸 말이라 하는 거요?"

소윤의 몰골은 상상 이상으로 이상했다. 원래도 하얀 얼굴이 더욱 하얗게 변해 창백해져 있었고, 입술은 야식으로 쥐라도 뜯어먹은 건지 붉게 변해 있었다. 게다가 속눈썹에는 무슨 짓을 했는지 대충 봐도 길이가 두배는 길어져 있었으니, 그야말로 귀신의 몰골이 따로 없었다.

"저녁에 무슨 일이라도 있던 것이오?"

"그렇게… 이상해요?"

"일단, 씻고 얘기해봅시다. 도저히 마주할 만한 얼굴이 아니니!"

단호한 무명의 말에 기분이 상한 소윤이 급히 발을 들어 무명의 정강이를 찼다.

"으악!"

"소녀에게 못 하는 말이 없네요!"

"으으…! 사실대로 말한 거요, 사실대로!"

"됐어요!"

씩씩거리며 결국 얼굴을 씻고 나온 소윤을 향해 무명이 고개를 끄덕였다.

"역시 차라리 소저는 아무것도 묻히지 않은 얼굴이 더 나은 것 같소"

무명의 칭찬에 소윤이 미소 지으며 물었다.

"이 모습도 괜찮나요?"

양손으로 볼을 감싸 쥐며 눈을 반짝거리는 소윤을 향해 무명이 단호하게 손을 저었다.

"아아… 물론 예쁘다는 말은 아니오. 단지, 아까의 귀신 같은 몰골보다는… 억!"

같은 부위를 또다시 맞은 무명이 '억' 소리를 내며 쓰러졌다. 비쩍 마른 무명이 바닥에 쓰러진 걸 보면 처연하게 느껴질 법도 한데, 소윤은 매서운 눈빛으로 무명을 내려다보며 말했다.

"조용히 따라와요."

멀어져 가는 소윤을 보며 무명이 한탄했다.

"이것이 무슨 호위무사인가! 이건 노예나 다름없지!"

"잔말 말고 와요! 아침 먹어야 하니까!"

"흠흠… 아침이라면, 뭐."

노예나 다름없는 호위무사 무명이 자신의 신세를 한탄했지만, 이어지는 밥 이야기에 무명은 군말 없이 소윤을 따라나섰다. 어쨌든 밥이란 건 사람이 살아감에 있어서 빠져

무명낭인 22

서는 안 될 아주 중요한 요소이기 때문이다.

"소윤아!"

소윤을 따라 나선 무명은 양가장에서 한 여인과 마주했다. 여인의 이름은 양청아. 소윤의 언니였다.

꽤 아름다운 미인인 양청아는 소윤을 향해 인사를 하던 중 삐쩍 마른 무명을 발견하고는 소윤을 향해 조용히 물었다.

"음? 옆에는 누구시니?"

"제 호위무사입니다."

"호위무사?"

호위무사라는 말에 여인의 표정이 복잡해졌다. 여인이 소윤을 끌어당기며 조용히 속삭였다.

"저런 거지같은 자를 데려와 호위무사라니… 혹시 연민이라도 느낀 거니?"

"아니에요. 꼴은 저래도, 꽤 이름 있는 낭인입니다."

'호… 그래도 제 호위무사라 이건가?'

자신을 변호해주는 소윤의 모습에 무명은 괜히 기분이 좋았다. 소윤의 말을 들은 양청아는 무명을 향해 물었다.

"혹시 성함이……?"

이름 있는 낭인이라 하여 양청아는 혹시 아는 이름일까 하는 마음에 이름을 물어보았다. 그녀의 물음에 무명은 씩씩하게 답했다.

"아, 소인의 이름은 무명이라 하오."

"무명(無名)…이요?"

"그렇소."

자랑스럽게 말하는 방긋 미소 짓는 무명의 모습에 양청아는 더욱 복잡미묘해진 얼굴로 소윤과 무명을 바라보다가 어색하게 미소 지었다.

"하…하. 그럼, 나는 이만 갈게."

어색한 미소를 남기며 사라진 양청아를 뒤로한 채 소윤이 무명을 자신 쪽으로 급히 끌어당겼다.

"무명이 뭐에요 무명이! 이름 있는 낭인이라 했는데!"

"내 이름이 이상하오?"

연유를 모르겠다는 듯 묻는 무명의 질문에 소윤이 멍하니 무명을 바라보다 고개를 절레절레 저었다.

"어휴… 어쨌든 빨리 먹고 빨리 가요. 시간이 없으니까!"

"그럽시다!"

밥 이야기가 나오자 무명은 소윤의 어깨를 툭툭 건드리며 소윤을 재촉했다.

* * *

간단한 식사가 끝난 후, 소윤과 함께 어디론가 다급히 달려온 무명은 으리으리한 외양을 한껏 뽐내는 건물 아래에서 입을 살짝 벌렸다.

"여긴 어디요?"

휘둥그레진 눈동자를 한 무명의 물음에 소윤이 미소를 지으며 말했다.

"소가장이 가지고 있는 부성루(釜聲樓)예요. 그리고 오늘은 소가장의 소가주인 소은찬이 연회를 여는 날이고요."

"소가장의 소가주 소은찬의 연회라 웃긴 이름이구려."

말장난과 같은 이름과는 반대로 과연, 산서 지방에서도 내로라하는 부유한 가장인 소가장의 작은 가주가 특별히 마련한 연회는 결코 평범하지 않았다. 오색찬란한 등불과 함께 난생 처음 보는 산해진미가 가득했으며, 수많은 객들과 미색을 겸비한 여인들이 눈에 보였다.

그런데 아름답고 귀해 보이는 옷으로 치장을 한 여인들에게선 한 가지 공통점이 보였다. 이는 바로 하나같이 호위무사가 동행했다는 점이다.

"너도나도 호위무사를 곁에 두고 있구려?"

무명의 물음에 고개를 연신 돌리며 무언가를 찾고 있던 소윤이 귀찮다는 듯 말했다.

"당연하죠. 무사놀음이라 해서 있는 집 여식들은 너도나도 호위무사를 대동하고 다녀요. 오죽했으면 '호위무사의 힘이 곧 고용인의 수준이다'라고 할 정도니까요. 그런데……."

소윤이 고개를 돌려 못마땅하다는 눈빛으로 무명을 바라

봤다. 때는 간신히 벗겨놨고, 옷도 깔끔하게 입혀놨으나 반토막 난 검과 비쩍 마른 몸을 볼 때마다 마음이 아팠다.

"하아……."

"고작 철전 여덟 닢 주고 뭘 기대한 거요?"

"그건 그렇지."

철전 여덟 닢으로 한달동안 고용할 수 있는 호위무사가 있을까? 있는 그대로 말하자면 이 물음의 답은 '없다'였다. 만약 무명이 굶주려 있지 않았다면, 철전 따위로 호위무사 계약 같은건 하지 않았을 테니 말이다. 소윤은 호위무사를 싸게 고용한 걸 위안 삼으며 열심히 누군가를 찾았다. 마치 먹이를 찾는 살쾡이처럼 눈매를 좁힌 채 주변을 두리번거리는 소윤을 향해 무명이 다가가 물었다.

"그런데 아까부터 누굴 그렇게 찾는 것이오?"

"누구겠어요. 당연히 소은찬이죠."

"그자는 왜 찾는 것이오?"

도무지 모르겠다는 무명의 물음에 소윤이 고개를 홱 돌리며 말했다.

"당연히! 그의 눈에 들기 위해서죠! 그는 무려 소가장의 작은 가주라고요!"

"그렇구려."

무명은 납득이 간다는 듯이 고개를 끄덕였다. 소은찬은 곱상한 외모를 가진 미공자였으며, 인품도 훌륭하니 일단 인간적으로 모자랄 것은 없었다. 게다가 소가장 자체가 산서에서도 유명한 부잣집이기에 혼기가 찬 여인들에겐 그야말로 최고의 신랑감이 아닐 수 없었다.

열심히 소은찬을 찾는 소윤을 뒤로 한 채 무명은 습관처럼 주변을 둘러보며 연회에 참여한 객들과 무인들을 살폈다. 그중에서도 단연 무명의 눈에 들어온 것은 바로…….

"호오! 이것은!?"

무명이 탄성을 자아내며 다가간 곳은 온갖 산해진미가 가득한 식탁이었다. 돼지고기를 잘게 썰어 파와 고추기름으로 향을 낸 돼지고기 볶음과 오리와 온갖 한약재를 넣고 삶아 만든 옥용탕 등. 난생 처음 보는 진귀한 음식들이 김을 모락모락 피워내며 길게 도열하여 무명의 입속으로 들어가기를 기다리는 중이었다.

"이건 참을 수 없는 유혹이군!"

그 어느 때보다 빠르게 손을 놀리는 무명의 젓가락에 음식들은 쥐도 새도 모르게 사라져 갔다.

"아!"

한참을 소은찬을 찾던 소윤은 저 멀리서 많은 여인들에게 둘러싸인 미남자를 발견했다.

바로 소은찬이었다.

그는 금으로 치장된 장신구를 목과 귀에 두르고 있었으며, 금실로 수놓아진 영웅건에 봉황이 금실로 수놓아진 화려한 색의 도포를 몸에 두르고 있었다. 그의 모습은 돈을 온몸을 두르고 있다 해도 과언이 아니었다.

게다가 그 모든 것을 받쳐주는 곱상한 외모와 부드러운 미소까지, 뭇 여인들의 심장이 그의 미소에 널뛰기하는 것은 당연지사였다.

"칫! 너무 늦게 왔어."

이미 그의 주변은 수많은 여인들로 포화상태였다. 소윤은 낄 틈을 찾기 위해 이리저리 움직여봤지만 도무지 낄 곳이 보이지 않았다.

"흐… 일단 시간을 두고 기다려야 하나? 저 무명…….."

지금은 소은찬의 곁에 갈 수 없음을 깨달은 소윤이 고개를 돌렸다. 그곳엔 언제 나타난 건지 입을 쉴 새 없이 오물거리며 자신을 내려다보는 무명이 있었다. 그의 등장에 소윤이 고개를 갸웃하며 물었다.

"어디 갔다 온 거예요?"

"나는 쩝… 항상… 그대 곁에 있었소. 쩝."

빵빵해진 볼을 가지고 나타난 무명이 급히 고개를 저으며 말했지만, 번들거리는 그의 입술과 빵빵해진 볼까지는 숨길 수 없었다. 다람쥐가 음식을 입에 가득 넣어둔 것처럼 하고 나타난 무명을 보며 소윤은 이마에 손을 얹은 채 고개를 저었다.

"일단 자리나 잡고 앉아요. 이러다간 연회 끝나기 전까지 서 있어야 할 테니."

일찍 왔다고 생각했지만 이미 많은 사람들이 연회장에서 북적거리고 있었다. 소윤은 쉴 곳을 찾아 무명을 데리고 움직였고, 구석진 곳에 자리를 잡을 수 있었다. 연회장에 방문한 사람들의 구할이 소은찬에게 시선이 팔려 있던 탓에 구석진 자리는 비교적 한산했다.

일단 자리는 확보했고, 소은찬의 눈에 띄기까지는 시간을 좀 두어야 했기에 소윤은 무명에게 음식을 먹게 해주었다. 무명은 아무런 망설임 없이 음식을 퍼먹기 위해 몸을 날렸다. 비쩍 마른 몸 어디에서 그런 힘이 나오는 건지 음식을 향한 무명의 움직임은 비호와 다름없었다.

"사람이 두달을 굶으면 저렇게 되나?"

엄청난 속도로 음식을 비워내는 무명을 안쓰럽게 쳐다보던 소윤은 어느새 자신에게 다가오는 한 무리의 여인들을 발견했다.

"아니, 양가장의 양소윤 아니야?"

명백한 비웃음. 눈을 내리깔며 소윤을 바라보던 여인이 소윤의 맞은편에 앉았다. 그리고 그녀의 뒤로 세명의 여인이 함께 따라왔다. 그들을 마주한 소윤의 표정은 별로 달가워 보이지 않았다.

"여긴 왜 온거야? 설마… 소은찬이라도 보러온 건 아니겠지?"

여인이 설마 하는 얼굴로 말하자, 그녀의 뒤에 있는 여인들이 서로를 바라보며 꺄르르 웃었다.

"왜. 나는 보러 오면 안 돼?"

소윤이 인상을 쓰며 묻자 여인이 입을 가리며 웃었다.

"그래. 뭐, 보는건 누구에게나 주어진 자유니까. 호호호! 다만……."

입을 가리며 웃던 여인이 눈을 가늘게 뜨며 말했다.

"사람에게도 급이라는 게 있는데… 설마 소은찬과 네가 같은 급이라 생각하는 건 아니지?"

급(級). 사람에게 등급이라는 게 있을까. 소윤은 '그딴게 어디 있냐!'라고 소리치고 싶었지만, 애석하게도 사람 사이에도 급이란 건 존재했다. 물론 사회적으로 나누어지는 것은 아니었지만, 누구나 알고 있었다. 돈과 힘, 권력으로 나누어지는 등급은 존재한다고. 특히 이곳 중원에서 돈과 힘 그리고 권력은 사람의 급을 나누기 아주 좋은 척도가 되었다.

지금 소윤의 앞에서 웃고 있는 여인은 소윤과 함께 산서에서 나고 자랐는데, 산서에서도 유명한 추홍상단 상단주의 여식이었다. 상단주의 여식이다 보니 어렸을 때부터 남부럽지 않게 부유하게 자란 여인이었다. 수많은 금전을 지불하고 받아온 관리로 인해 아름다운 외모와 백옥 같은 피부를 가지고 있었으며, 항상 아름답고 화려한 옷으로 몸을 치장했다.

게다가 요새는 서역에서 들여온 향수라는 것도 뿌리기 시작했으니, 집안으로 보나 외적으로 보나 소윤보다는 여인 쪽이 더 우위에 서 있었다.

'여우같은 계집애.'

같은 여자인 소윤이 봐도 여인은 매우 아름다웠다. 그건 인정하기 싫어도 인정할 수밖에 없는 사실이었다.

"그런거… 아니야."

소윤이 고개를 돌리며 말했다. 도저히 마주앉아 있는 여인의 눈을 맞추기가 어려웠다. 그때, 눈치도 함께 말아먹었는지 무명이 쩝쩝거리며 소윤에게 다가왔다.

"쩝쩝… 그런데 소은찬이란 자는 어디 있는 것이오?"

눈치란 게 세상에 존재하지 않는 사람이 있다면, 바로 자신의 옆에 있는 자일 것이다. 소윤은 인상을 쓰며 무명을 바라봤다. 하지만 정말로 눈치란 것이 멸종한 듯 무명은 눈을 동그랗게 뜨고 멀뚱히 소윤을 내려볼 뿐이었다. 소윤은 깊은 한숨을 내쉬었다.

"휴으… 그래서 다 먹었어요?"

"아직 부족하긴 한데, 기다리다 보면 새로운 음식을 계속 제공하는 것 같소. 좀 기다렸다 새로운 진미를 찾을 생각이오."

"네에…….."

"혹시 네 호위무사분이시니? 호호!"

소윤과 무명의 대화를 듣고 있던 여인이 입을 가리며 웃었다. 자신을 보며 웃는 여인을 향해 무명이 고개를 돌렸다. 여인은 무명을 향해 오른손을 살짝 내밀었다.

"저는 추홍상단의 상단주 추명우의 여식 추미혜라고 해요. 만나서 반가워요. 후훗."

부드럽게 미소 짓는 추미혜를 보며 무명이 말없이 손을 내밀어 악수를 해주었다. 추미혜의 손은 과연 부드러웠다. 하얀 피부를 가진 추미혜의 손과 악수를 한 무명이 나지막이 말했다.

"부드러운 손을 가지셨군요."

"호호! 관리를 잘한 덕분이죠."

"하하! 하지만 피부는 타고 나야 하는 것이죠."

"호호! 이런 것엔 장님이신 줄 알았는데, 잘 알고 계시네요."

"뭘요. 하하!"

추미혜와 무명의 웃음기 넘치는 대화에 소윤이 인상을 팍— 썼다. 추미혜가 무명에게 관심이 있어서 저러는 것일까? 소윤이 말하기를 '절대 아니다'였다. 추미혜가 무명에게 저리 친절하게 대하는 것은 소윤을 의식해서였다. '나는 아름답고 인성도 뛰어나 네 호위무사도 나를 좋아한단다'라는 것을 소윤에게 보여주기 위해서였다.

말 그대로 '남자들은 네가 아닌 나를 더 좋아한단다'를 보여주는 것. 이를 모를 리 없는 소윤은 자리에 일어서며 무명의 팔을 잡아 이끌었다.

"가요. 여긴 너무 시끄럽네요."

"아… 알, 알겠소."

"잘 가, 양소윤! 호호호!"

떠나가는 소윤을 향해 추미혜가 손을 흔들어 보였다. 누가 봐도 가식적인 웃음과 손짓이었기에 듣고 있던 소윤은 소름이 돋을 정도로 짜증이 났다. 하지만 그걸 아는지 모르는지 무명은 마주 손을 흔들었다.

"뭐가 좋다고 손을 흔들어요?!"

"친절하게 대해주는데 내가 불쾌하게 굴 이유가 없잖소?"

"그건 그렇지만… 추미혜가 저리 행동하는 데에는 다 이유가 있는 거예요!"

"그렇소?"

"어휴! 일단 가요."

점점 멀어져가는 소윤과 무명의 뒷모습을 지켜보던 추미혜가 뒤로 손짓을 했다. 그러자 검은 무복을 입은 사내가 그녀에게 다가왔다. 쌍검을 가진 무사가 곁에 다가오자 추미혜가 조용히 물었다.

"저기 소윤과 함께 있는 호위무사, 어느 정도야?"

추미혜의 물음에 사내가 무명을 바라봤다. 그러나 이내 그는 고개를 저으며 말했다.

"수준을 가늠하기 힘들 정도의… 약자입니다. 기껏 해봐야 삼류를 갓 벗어난 이류거나 삼류 중에서도 검 좀 쓰는 정도일 겁니다."

"흐음… 하긴. 양가장의 양녀 따위가 무사를 구해봐야… 흥! 우리도 가자."

멀어지는 무명을 보며 사내가 허리춤에 달린 검의 손잡

이를 매만졌다. 수준을 가늠하기 힘들다고 말했지만, 실상은 달랐다. 전혀 가늠이 되지 않았다. 나이는 비슷해 보이는데 수준을 알 길이 없었으니, 가능성은 둘 중 하나였다. 수준이라는 게 존재하지 않을 정도의 별 볼 일 없는 무인이거나 수준을 가늠할 수 없을 정도의 강자.

그러나 사내는 고개를 저었다.

"그럴 리가 없지."

연회 내내 지켜본 무명의 모습은 그저 음식을 먹기를 즐기는 자였다. 빈틈투성이에 발걸음에도 무공을 배운 흔적이 엿보이지 않았다. 고개를 저으며 무명에 대해 잊어버린 사내는 추미혜와 함께 사람들을 둘러보기 위해 고개를 돌렸다. 호위무사가 된 이후에 생긴 습관이었다.

* * *

소가장의 소가주 소은찬의 연회는 밤늦게까지 이어졌다. 하지만 소은찬과 소윤이 대화를 나눌 기회는 전혀 오지 않았다. 그저 먼발치서 여인들에게 둘러싸여 있는 소은찬을 향한 소윤의 눈빛이 아련하게만 느껴졌다. 그런 소윤을 향해 무명이 무심하게 물었다.

"사랑하는 자요?"

"음……."

갑자기 훅— 들어온 무명의 질문에 소윤이 검지를 들어

입술에 가져다 댔다. 뭔가를 고민할 때마다 자신도 모르게 나오는 습관이었다.

"사랑… 사랑… 곧 사랑할 거예요."

"그럼 지금은 사랑하지 않는다는 거요?"

"그렇…죠?"

소윤의 말에 무명이 인상을 썼다. 이해할 수 없다는 듯 아리송한 표정을 짓는 무명의 모습에 소윤이 어색하게 웃으며 말했다.

"지금이야 얘기를 나눠본 것도 아니고, 만나본 적이 없으니까 사랑하지 않을 수 있지만… 만나게 된다면 사랑… 할 수 있지 않을까요?"

"어쨌든 그쪽은 사랑하지도 않는 사람과 만나려고 이토록 오랫동안 기다리고 있는 것이오?"

"그거야 사랑에 빠질 가능성이 있으니까 이러고 있는 거죠. 그리고 그쪽이 뭐예요, 그쪽이?"

불만어린 표정으로 자신을 쏘아보는 소윤을 향해 무명이 피식 웃으며 말했다.

"그럼, 뭐… 고용주라고 불러드리오?"

"어… 음… 그냥 소윤이라 불러요."

고용주라는 말이 낯간지러웠던 소윤은 고개를 저었고, 무명은 마다할 이유가 없었다.

"알겠소. 소윤."

"아, 아니야. 그래도 명색이 고용주인데, 음… 뭐가 좋으려나? 그래! 아가씨라고 불러줘요. 아. 가. 씨."

소윤의 말을 듣고 있던 무명이 얼굴을 찌푸렸다. 그러자 소윤이 마주 인상을 썼다.

"왜요?"

"아니오. 그냥 철전 여덟 닢 준 것치고는 너무……."

"흥! 고용은 고용이에요! 계약은 계약이고! 따지고 싶으면 한달 후에 따지도록 하세요."

철전 여덟 닢으로 계약한 기간은 무려 한달. 소면을 두어 번 먹을 값치고는 매우 싼값으로, 상당히 수지에 안 맞는 계약이기는 했다. 그러나 무명은 체념하기로 했다. 몸을 쉴 수 있는 곳과 식사, 씻을 곳을 제공해주니 그 정도는 그 냥 넘어가기로 한 것이다. 어차피 한달 계약이었으니 말이다.

"그나저나 저 여인들을 왜 작은 가주란 자에게 저렇게 들러붙는 것이오?"

"그야 돈이 되니까요."

"돈?"

"그래요. 소가장은 산서에서도 손에 꼽히는 부유한 가장이에요. 만약 소가장의 소가주인 소은찬의 눈에 들어 시집이라도 가게 된다면 그때부터는 꽃길만 걷게 될 테니 저리도 들러붙는 거죠."

두손을 맞잡은 소윤이 황금덩어리를 보는 듯한 눈빛으로 소은찬을 바라봤다. '단 한번만이라도 이쪽을 바라봐 준

36

다면 정말로 좋을 텐데'라고 중얼거리는 소윤을 뒤로하며 무명은 자리에서 일어섰다.

"어디 가요?"

"꽤나 오래 기다려야 할 것 같으니 바람 좀 쐬고 오겠소."

"흠. 그러세요."

딱히 무명이 할 일이 있는 것도 아니었으니 소윤은 고개를 끄덕이며 무명에게 짧은 휴식을 허락했다. 소윤의 허락에 무명이 감개무량하다는 듯 고개를 숙이며 과장되게 손짓했다.

"아! 빨리 가요! 그냥 보내줄 때!"

"흐흐."

소윤의 반응에 재미있다는 듯 웃으며 무명은 부성루를 빠져나왔다. 밤이 되어 해가 떨어지자 바람은 선선해졌고, 사람의 기분을 산뜻하게 해줄 만한 시원한 바람이 불어와 무명의 머리를 간질였다.

머리를 훑고 지나가는 바람을 맞으며 무명은 부성루 주변을 천천히 걸었다. 부성루는 다른 객잔이나 주루와는 달리 도시의 외곽에 위치해 있었다. 주변이 호숫가로 되어 있어 경치는 물론이요, 연인들의 산책로로도 안성맞춤인 곳이었다. 그래서인지 선남선녀들은 자신의 짝과 함께 부성루 주변의 호숫가를 거닐며 밀담을 나누고 있었다.

"좋을 때로군."

서로에게 사랑의 시를 읊어주며 사랑을 나누는 연인들을 보며 무명이 흐뭇하게 미소 지었다.

"사랑이란 좋은 거지."

　말을 마친 무명의 눈이 곧 싸늘하게 식어갔다. 사랑과 평화, 빈부의 격차와 인간 간의 등급이 나누어지는 아름다움이 가득한 이곳, 부성루를 향해 몇 명의 까무잡잡한 신형이 빠른 속도로 다가오고 있었다.

　즐거운 연회에는 어울리지 않는 흑색의 밀복과 복면을 두른 이들을 발견한 무명이 머리를 긁적였다.

"하여간. 꼭 이런 자리엔 빠지지 않는 놈들이 있지."

　머리카락을 놓고 허리춤에 찬 검에 손을 가져다 댄 무명은 부성루와 다가오는 흑의인을 번갈아보며 고민했다.

"아직 소윤이 소은찬과 만나지 못했는데……."

　부성루와 흑의인을 번갈아보던 무명의 시선이 곧 흑의인들에게로 고정되었다.

"벌써 흥을 깨면 안 되지……."

　부성루의 밝은 빛 아래에 서 있던 무명의 신형이 사라졌다.

*   *   *

"형님, 그곳에는 잘나가는 여식들이 데려온 호위무사가 가득할 텐데… 괜찮을까요?"

"흥! 어차피 우린 연기만 하면 돼, 연기! 바로 들어가서 아무 여자나 붙잡고 인질로 삼은 다음에 그 뭐냐… 소가장의 작은 가주라는 놈에게 당해주면 된다고!"

"왜 이런 일을 꾸민 걸까요?"

가장 키가 작은 흑의인의 물음에 그보다 덩치가 두배는 큼직한 흑의인이 답답하다는 듯 말했다.

"그야 당연히 소가장이 부유하나 변변한 무인이 없다는 소문 때문이지."

"그게 왜……?"

"소은찬은 허영심이 가득한 사내야. 돈 말고는 아무것도 가진게 없는 놈이지. 그런 놈이 저 어여쁘고 귀하게 자란 여식들 앞에서 힘을 좀 써보려는 거지, 뭐. 하여튼 돈 많은 놈들의 허영심이란… 우리에겐 돈이 되니 마냥 욕할 수는 없는 노릇이지만."

"아아……!"

그제야 자신들이 왜 고용되었는지, 왜 자신들을 고용한 자의 연회에 들어가 행패를 부려야 하는지 알겠다는 듯 고개를 끄덕였다. 덩치의 흑의인이 뒤를 돌아봤다. 자신과 함께 온 4명의 흑의인은 모두 이류에 머무는 무인들이었고, 소가장이 거금을 주고 고용한 무인들이었다.

그들의 임무는 단 하나. 연회에 난입해 행패를 부린 후 소은찬에게 제압되는 아주 간단한 것이다. 그들은 결전의 순간을 눈앞에 두고 잠깐의 작전 시간을 가졌다.

"간단한 일이니 절대 실수해서는 안 된다. 이번 건을 잘 해내면 반년동안은 돈 걱정 없이 살 수 있을 게야."

"알겠습니다!"

소가장에서 나름 거금을 들인 일이었기에 흑의인들은 선수금으로도 아주 많은 돈을 만질 수 있었다. 게다가 성공하는 순간 선수금의 열배에 달하는 돈을 가질 수 있었으니, 흑의인은 이번 의뢰에 자신들의 모든 것을 쏟아 부을 생각이었다.

"그럼 가자!"

힘찬 외침과 황금빛 미래를 위해 흑의인들이 부성루로 향하려는 순간.

"니들은 뭐냐?"

비쩍 마른 사내가 그들의 앞에 나타났다.

갑작스럽게 나타난 사내의 등장에 덩치의 흑의인이 놀라며 검을 뽑았다.

"뭐, 뭐냐!?"

"뭐냐니? 그건 내가 묻고 싶은 말이야. 너희는 뭔데 부성루로 향하는 거야?"

사내. 무명의 질문에 흑의인이 인상을 쓰며 주변을 돌아보았다. 이제 막 부성루로 난입하여 행패만 부리면 되는데, 난데없이 방해꾼이 나타난 것이다.

"이렇게 된 이상… 공격해! 죽이지는 말고 제압만 하도록!"

"하?"

자신을 향해 달려드는 5명의 흑의인을 보며 무명이 헛웃음을 지었다. 기껏해야 이류무인 정도로 되어 보이는 흑의인들. 달려드는 자세도 어설펐고, 죽이지 말고 제압을 하라고 해서 그런지 무기도 꺼내지 못하고 자신을 향해 어정쩡하게 달려들었다.

무명은 그들을 보며 허탈한 미소를 지었다.

"이놈들 보게?"

이상과 현실은 다르다

"어디 갔다 온 거예요?"

차를 홀짝이던 소윤이 손목과 목을 이리저리 돌리며 다가오는 무명을 향해 물었다. 그는 소윤의 옆자리에 풀썩 주저앉으며 말했다.

"산책을 하다가 예정에는 없던 운동도 좀 하고 왔소."

"운동이요?"

"그런게 있소."

말을 끝마치며 무명이 묘한 눈빛으로 소윤을 바라봤다.

'아무리 생각해도 철전짜리 고용치고는 하는게 너무 많단 말이야…….'

철전짜리 일치고는 손이 은근히 많이 가는 것에 대해 불만을 가지던 무명이 소은찬을 아련하게 바라보는 소윤의 얼굴을 보고는 머리를 긁적였다.

'뭐… 초과 근무 한 셈 쳐야겠군.'

* * *

"그… 그놈은 뭡니까?"

굵은 줄에 묶여 나무 위에 대롱대롱 매달려 있는 다섯 명의 흑의인. 그중에서도 막내 흑의인이 그들의 대장인 덩치 흑의인을 보며 물었다. 그러자 덩치 흑의인이 고개를 저으며 말했다.

"나도 모르겠구나. 어디서 저런 실력자가… 비쩍 말라서 얕본 내 잘못이다."

"아쉽네요… 제압을 하라 하셔서 병장기를 안 쓴 탓에……."

"아니다."

"네?"

덩치 흑의인이 한숨을 내쉬며 말했다.

"만약 병장기를 꺼내들었다면……."

'우린 모두 죽었을 게다.'

마지막 말은 입안으로 삼킨 덩치의 흑의인이 멍하니 부성루를 바라봤다.

이젠 돈이 중요한 게 아니었다. 부성루에 있는 괴물이 중요할 뿐이었다.

* * *

"하하! 뭘요. 이런건 누구나 가질 수 있는 걸요?"

작은 사람의 형상을 한 금괴를 손에 쥔 소은찬이 자신을 흠모하는 눈으로 바라보는 여인들을 향해 미소 지으며 말했다.

"아, 역시……!"

"역시 소가장의 작은 가주이시네요."

여인들은 너도나도 부드럽고 매혹적인 미소를 지으며 소은찬을 바라봤다. 이제는 지겨울 법도 한 여인들의 간지러운 시선에도 소은찬은 미소를 잃지 않았다. 그저 미소 지은 얼굴을 한 채 무심히 여인들을 둘러보았다.

'거지같은 년들… 그저 금괴만 보여주면 연신 꼬리를 쳐대는군.'

소은찬 그도 알고 있었다. 여인들이 자신을 향해 미소를 짓는 것은 사랑 때문이 아니라는 것을. 물론, 뛰어난 외모와 재력을 겸비하였으니 그를 사모하는 여인들은 산서에서도 널리고 널렸다. 그러나 소은찬이 원하는 것은 따로 있었다. 곧 시선을 뒤로하자 저 뒤에 앉아 잇는 추미혜의 모습이 보였다.

소은찬과 눈이 마주친 추미혜가 가볍게 눈인사를 하자 소은찬 역시 마주 눈인사를 나눴다.

유일하게 자신의 앞에서도 도도함을 유지하는 여자. 추홍상단의 여식 추미혜. 가진건 돈밖에 없는 그가 유일하게 유혹하지 못한 여자였다. 추홍상단의 상단주 추명우의 여식이었기에 돈으로는 꿈쩍도 하지 않는 여자였다. 그녀가 좋아하는 남자는 바로… 강한 남자였다.

고강한 무공을 가진 무인, 그것이 바로 추미혜의 이상형이었다. 그러니, 별 볼 일 없는 무공을 가진 그가 추미혜의 성에 찰 리가 없었다.

'이때쯤이면 올 때가 됐는데?'

미소를 지으며 웃던 소은찬이 고개를 돌려 부성루의 밖을 바라봤다. 의뢰한 이들이 곧 부성루에 도착할 시간이 되었다. 등 뒤로 고개를 돌렸던 소은찬이 다시 추미혜를 바라봤다.

'오늘 네게 색다른 모습을 보여주지. 그리고 난 뒤… 너를 내 것으로 만들겠어.'

무공에서도 뛰어난 모습을 보여준다면 추미혜가 자신에게 호감을 가질 것이라 생각한 소은찬은 그녀를 유혹할 심산으로 낭인들을 고용해 부성루에 난입하게 했다. 그리고 그들을 손쉽게 제압하며 자신의 강함을 증명한 후 추미혜를 유혹할 생각이었다.

소은찬의 검은 속내를 아는지 모르는지 소윤은 멀찍이서 그저 한숨을 내쉬었다.

"어휴. 저 사이에 어떻게 끼인담?"

이런 고용주의 맘을 아는지 모르는지 무명은 잠시동안의 운동으로 인해 허기진 배를 채우기에 여념이 없었다.

우물우물······.

"오! 이것도 꽤 뛰어난 맛이로군!"

* * *

새로 나온 음식을 입안과 위장에 가득 밀어 넣고 나타난 무명은 끙끙대는 소윤의 옆에 앉았다.

"으으으으······."

"똥마려운 강아지처럼 그러고 있는 이유가 뭐요?"

"무··· 뭐라고요!?"

벌떡 자리에서 일어난 소윤이 매섭게 손바닥을 날렸다. 이에 어깨와 등짝을 맞은 무명이 냇가를 벗어나 육지에 떨어진 숭어처럼 펄떡댔다.

"으악! 왜! 왜! 때리는 것이오?"

"맞을 짓을 했으니! 맞는 거죠!"

연신 소윤에게 두들겨 맞은 무명이 인상을 굳힌 채 자리에 앉았다. 무명을 때릴 만큼 때린 소윤 역시 화가 풀린 듯 자리에 앉으며 깊은 한숨을 쉬었다.

"여자에게 똥마려운 강아지라뇨?"

"어디까지나 비유 아니오? 비유!"

고개를 절레절레 저은 소윤이 한숨을 내쉬었다.

"휴으······."

"맞았더니 배가 고프구려."

"또 먹어요?"

"그쪽만 아니었음 먹지도 않았소."

자리에 일어선 무명은 음식을 먹기 위해 발걸음을 옮겼다. 아니, 옮기려 했다. 갑자기 무명의 어깨를 치고 들어오는 이들에 의해 뒤로 밀려난 무명은 도로 자리에 앉게 되었다. 물론 무명의 의지가 아니었다. 어디까지나 갑자기 등장한 이들의 거대한 덩치에 밀려 그 힘을 이기지 못하고 자리에 앉게 되었을 뿐이었다.

"뭐야?"

덩치의 사내가 무명을 째려보았다. 인상이 상당히 험악한 자였는데, 그보다 더욱 큰 덩치를 가진 이가 그를 보며 말했다.

"됐다. 가자."

그의 말에 덩치의 사내가 묵묵히 그를 뒤따라갔다.

"괜찮아요?"

무명에게 다가온 소윤이 그를 살폈다. 무명은 어깨를 툭툭 치며 말했다.

"흠흠! 괜찮소! 이 정도야 뭐, 사실 내가 마음만 먹었으면······."

"됐어요. 그것보다 저들은 누구죠?"

소윤의 질문에 무명이 덩치의 사내들을 바라봤다. 하나같이 거대한 덩치를 가진 두명의 사내는 둘 다 커다란 박도를 등에 메고 있었는데, 그를 알아본 무명이 입을 열었다.

"철패도(鐵覇刀) 막여(漠旅). 꽤 이름 있는 무인이요. 그리고 그 옆엔··· 그냥 그의 수하인 것 같소."

"철패도(鐵覇刀)라구요?!"

"아는 자요?"

"모르는 사람이 없죠! 산서에서 얼마나 유명한데··· 그런 자가 여기엔 왜······?"

철패도(鐵覇刀) 막여(漠旅). 산서를 떠나 중원에서도 꽤 이름을 날리고 있는 무인으로, 거대한 박도를 휘두르며 패기 있게 싸우는 무인이었다. 외공과 내공이 둘 다 뛰어나 힘으로나 무공으로나 웬만한 무인들로는 상대조차 할 수 없는 거물 중 한명이었다.

"아, 오셨어요?"

추미혜가 반갑게 손을 흔들자 막여가 그녀에게 다가갔다.

"그래. 날 부른 이유가 뭐냐?"

"너무 딱딱하게 굴지 말고 여기 앉으세요. 산서에서도

유명한 소가장의 작은 가주가 연 연회예요."

"흥. 술이나 좀 따르거라."

막여가 자리에 앉자 추미혜가 공손히 술을 따랐다. 이 모습을 보던 소은찬이 눈을 찌푸렸다. 자신이 마음에 두고 있는 여인에게 술시중을 들게 하는 남자라니, 같은 남자로서 도저히 참을 수가 없었다.

"도대체 그놈들은 왜 안 오는 거야?"

비싼 돈을 주기로 한 그들이 아무리 기다려도 오지 않자 소은찬이 입술을 깨물었다. 이대로 가다간 추미혜의 모든 관심이 막여에게로 향할 수 있었다.

"아아… 추미혜의 손님이었네. 그럼 그렇지. 이 계집애는 발도 넓어."

차를 홀짝이던 소윤이 입술을 삐죽 내밀었다. 돈 많은 재력가의 여식으로 태어난 것도 부러운데, 이번엔 중원에서도 이름난 고수와도 친분이 있어 보이니 원통할 따름이었다.

게다가 얼굴이 모난 것도 아니고 추미혜는 오히려 미인이었다. 백옥 같은 피부, 보기 좋게 굴곡진 가슴과 엉덩이, 어디 하나 흠잡을 만한 데가 없었다.

굳이 하나 꼽자면 인성이었는데, 이마저도 소윤만 알고 있으니 의미가 없었다.

"하아… 하늘은 왜 이렇게 불공평한 건지."

소윤의 시선이 음식을 먹고 있는 무명에게로 향했다. 열

심히 음식을 입에 집어넣는 무명을 볼 때마다 음식을 좋아
해서 먹는 건지 아니면 살고자 먹는 건지 헷갈릴 때가 있
었다.

"휴. 누구는 누구 눈에 띄려고 이렇게 발악인데, 누구는
그저 앉아만 있어도 눈에 띄고. 하아……."

사실 부정하고 싶었지만, 소윤도 냉혹한 현실쯤은 잘 알
고 있었다. 도도한 추미혜에게 소은찬의 시선이 자꾸만 간
다는 것을. 제아무리 자신이 발버둥질해봐야 추미혜를 제
칠 수 없었다.

객관적으로 따졌을 때 소윤은 못나지 않았다. 아니, 오히
려 잘 보면 미인인 편에 속했다. 동그랗고 큰 눈과 갸름한
턱, 붉은 입술 그리고 분홍빛과 흰색이 적절한 조화를 이
루는 뽀얀 살색을 지니고 있었다. 말 그대로 뚜렷한 이목
구비를 가지고 있었다. 다만 추미혜는 더욱 빼어난 미모를
가졌으며 돈이라는 이름의 자존심과 자긍심을 지니고 있
었다.

즉, 돈 많고 예쁘고 도도함을 갖춘 미녀. 그녀가 바로 추
미혜였다.

하지만 소윤에게는 여유가 없었다.

"그만 먹고 이리 와서 나 좀 위로해줘봐요."

풀이 죽은 듯한 소윤의 목소리에 무명이 접시에 음식을
담아 소윤에게 건넸다.

"뭐예요?"

"먹으시오. 먹으면 기분이 좀 나아질 거요."

"이걸 먹는다고 기분이 나아지겠어요?"

"우물우물… 그래도 좋은 집안 연회라 그런지 맛은 좋네."

음식을 우물거리던 소윤이 머쓱한 듯 입을 닦으며 말했다. 별로 달가운 기분은 아니었고, 무명의 행동이 썩 마음에 드는 것도 아니었다. 하지만 음식의 맛이 생각보다 훨씬 뛰어났고, 도착 이후로 차만 홀짝인 덕분이지 위를 든든하게 채우는 포만감에 의해 우울해졌던 기분이 좀 나아졌다.

"근데 왜 기분이 안 좋은 것이오?"

"아니에요. 먹고 나니 좀 좋아지네요."

"흐음……."

묘한 눈으로 자신을 쳐다보는 무명을 향해 소윤이 인상을 썼다.

"뭐… 왜 그렇게 봐요?"

고개를 저은 무명이 말했다.

"아니, 생각보다 훨씬 단순한 것 같아 쳐다봤소."

"이! 아… 맞아요. 난 단순해요."

웬일로 빠르게 인정한 소윤이 한숨을 내쉬며 자리에서 일어섰다.

"갈까요?"

"저 작은 가주란 사람 안 만나도 되겠소?"

"됐어요. 어차피 이미 눈에 든 사람이 있어서 나같은 건 보이지도 않을 거예요."

"어쩔 수 없군……."

"네?"

시무룩해 보이는 소윤을 바라만 보던 무명이 드디어 자리에서 일어섰다. 박력 있게 일어서는 무명의 모습에 소윤이 볼을 붉혔다. 비록 비쩍 마르기는 했으나 뚜렷한 이목구비에 남성미가 느껴지는 얼굴을 지닌 무명이었다. 그런 그가 심각한 표정을 짓고는 식탁을 탁—! 치며 힘 있게 일어나니, 소윤은 없던 기대감마저도 무명에게 느끼게 되었다.

"그럼! 못 먹어본 걸 더 먹고 오겠소!"

사뭇 비장함까지 느껴지는 무명의 모습에 소윤이 탁자에 얼굴을 처박았다.

쿵—!

"왜 그러시오?"

"아니에요… 갔다 오세요……."

"그럼 금방 오리다."

돌아간다는 말에 헐레벌떡 몸을 움직이는 무명의 뒷모습을 응시하며 소윤이 소리 없이 흐느꼈다.

"왜 내 주변에는…… 흑."

                          * * *

“저곳인가?”

“예. 부성루에서 소가장의 소가주인 소은찬이 연회를 열고 있다고 합니다.”

“소가장의 소가주인 소은찬…? 무슨 말장난하는 것도 아니고. 아무튼, 준비는 다 되었겠지?”

“네!”

흑의를 입고 있는 열다섯명의 복면인이 대장으로 보이는 사내의 말에 고개를 끄덕였다. 짤막한 흑색의 도를 허리춤에 찬 흑의인들은 은밀한 움직임으로 부성루로 향하기 시작했다.

“아… 배부르군!”

배를 두드리며 자리에 앉은 무명의 모습에 소윤이 고개를 들었다. 기름기에 입술이 번들거리는 무명을 보며 소윤이 말했다.

“다 먹었어요?”

“물론! 원 없이 먹었소. 내 평생 이렇게 잘 먹은 적이 없었소!”

배를 두드리며 아이처럼 웃는 무명의 모습에 소윤이 자신도 모르게 미소를 지었다. 그녀는 아이처럼 웃는 무명의 모습을 가만히 응시하다가 자리에서 일어섰다.

'그래, 뭐. 무명이라도 만족했으면 됐지.'

"이만 가죠!"

"그리하리……."

돌아가자는 말에 자리에 일어서려던 무명이 돌연 소윤의 손목을 잡아 도로 자리에 앉혔다.

"왜… 왜요?"

갑자기 손목을 잡힌 소윤이 당황해하며 무명을 바라봤다. 무명은 사뭇 진지한 표정을 지은 채 주변을 천천히 살피고 있었다. 그러나 이내 굳어진 표정을 풀고 어설프게 웃으며 그가 말했다.

"못 걷겠소."

"뭐… 뭐라고요!?"

"너무 많이 먹은것 같소. 아무래도 한 일다경만 앉아서 소화를 좀……."

"휴. 알겠어요."

못 걷겠다는 무명의 말에 소윤이 한숨을 내쉬며 자리에 앉았다. 자리에 앉은 김에 마지막일지도 모르는 화려한 연회를 조금이라도 눈에 담아두려 소윤이 눈을 이리저리 굴렸다.

그때, 사방에서 창문이 깨져나갔고, 수십개의 비수가 번개처럼 날아와 등불을 꺼트렸다.

"꺄악!"

"꺄!"

"뭐야!?"

"무슨 일이야!?"

"어떤 놈이냐!"

호위 무사들은 병장기를 꺼내들었고, 여인들은 자기들이 데려온 무사들의 품에 숨거나 자신들끼리 모여 주저앉았다. 철패도 막여는 무심히 상황을 지켜보았고, 추미혜역시 당황하지 않고 도도함을 유지하며 상황을 살폈다. 아무래도 막여에 대한 자신감 때문이리라.

이 모든 상황을 지켜보던 소은찬이 인상을 썼다.

'이렇게 요란하게 하라는 건 아니었는데… 씁…!'

괜스레 자신의 계획 때문에 연회를 망친 것 같아 기분이나쁜 소은찬이었다. 하지만 곧 추미혜의 앞에서 멋진 모습을 보여줄 수 있을 거라는 기대감에 잔뜩 부푼 채 등장할흑의인들을 기다렸다.

얼마 안 가 깨어진 창문 사이로 열다섯명의 흑의인이 모습을 드러냈다.

그들은 뱀과 같은 움직임으로 소은찬을 호위하는 이들을피한 후 소은찬을 붙잡아 그의 목에 칼을 들이밀었다.

"이자의 목숨이 아깝거든 움직이지 않는게 좋을 게다."

싸늘한 흑의인의 말에 몇 개 남지 않은 등불이 처량하게흔들렸다. 생각보다 그럴싸한 흑의인의 등장에 소은찬이은밀하게 속삭였다.

"저 이렇게까지 할 필요는 없고. 이제 그만 나한테 제압

당해주면 된다."

"닥쳐. 뒤지기 싫으면."

"뭐… 뭐라고? 큭!"

찌릿한 느낌과 함께 목을 타고 선혈이 흐르는 것을 확인한 소은찬이 눈을 부릅떴다. 뭔가 일이 잘못되었음을 깨달은 것이다.

'이자들은 내가 부른 자가 아니다!'

곧 소은찬의 두 다리가 부들부들 떨려왔다. 본래 그의 계획대로라면 불시에 나타난 흑의인을 자신이 제압하고 추미혜의 환심을 사야 했다. 그러나 지금 이자들은 소은찬이 부른 이들과 달랐다.

사태를 파악한 소은찬이 떨리는 목소리로 말했다.

"워… 원하는 것이 뭐… 뭡니까?"

"닥쳐라 했을 텐데. 한번만 더 주둥이 나불거리면 혀를 뽑아주마. 내가 필요한건 네 목뿐이거든."

"흡!"

싸늘하기 그지없는 흑의인의 말에 소은찬이 급히 입을 틀어막았다. 이들의 모습을 가만히 지켜보던 추미혜가 자신의 옆에서 팔짱을 끼고 앉아 있는 막여를 보며 말했다.

"어떻게 하죠?"

"글쎄… 귀찮아서 나서긴 싫지만."

막여가 묘한 눈길로 추미혜를 바라보자 그녀는 은근한 시선으로 막여의 가슴을 살며시 손으로 쓸어내렸다. 그녀의 손길을 느낀 막여의 눈이 살짝 떨려왔다.

"도와주시겠어요?"

"흠. 그래. 그러지."

막여가 자리에서 일어섰다. 그를 신경 쓰고 있던 흑의인
들은 막여의 움직임에 경계하며 물러섰다. 그리고 그들의
대장으로 보이는 이가 소은찬의 목에 흑도를 들이밀며 말
했다.

"철패도 막여. 네놈이 이곳에 있을 줄은 몰랐군."

"이제라도 알았으면 꺼지지 그래? 지금 내 기분이 별로
여서 말이야."

"네놈과는 싸우기 싫지만 그래도 의뢰는 의뢰라 우리도
어쩔 수 없군."

"나와 대적하겠다는 건가……."

말을 마친 막여의 몸에서 엄청난 기운이 폭사되며 흘러
나왔다. 부성루를 가득 메운 막여의 존재감에 흑의인의 대
장은 몸이 따끔따끔해지는 것을 느꼈다.

"과연 철패도…! 하지만 네가 그렇게 나오면 나는 이자
의 목숨을 장담치 못해."

흑의인의 흑도가 소은찬의 목에 더욱 가까워지자 소은찬
의 목에 또 한줄의 선혈이 그어졌다. 그 모습을 보던 막여
가 돌연 웃기 시작했다.

"크하하하! 하하! 이 철패도의 앞에서! 인질을 잡았다 생
각하나?"

"뭐?"

"나는 그놈에게 관심 없다. 네놈이 그놈 목을 베든 뭘 하든 관심 없단 말이야. 내가 관심 있는건… 내 도에 네놈의 몸뚱이가 깔끔하게 두 동강 나는 거지."

등에서 박도를 꺼내든 막여의 모습에 흑의인이 인상을 썼다.

'애초에 협박이 먹히지 않는 자다. 오히려 막여를 통제하려면…….'

흑의인의 눈이 추미혜에게로 향했다.

'저 여자군.'

흑의인이 눈짓하자 다른 한명은 소은찬을 잡아두고 나머지 14명의 흑의인 중 10명이 막여의 주변을 에워싸기 시작했다. 그리고 나머지 4명이 추미혜를 노렸다. 추미혜를 노린다는 사실에 막여가 그들을 막으려 했지만, 흑의인의 대장이 흑도에 내력을 주입시키며 막여를 막는 바람에 추미혜가 노출되었다.

카앙!

추미혜를 노리던 네명의 흑의인이 뒤로 밀렸다. 어느새 나타난 젊은 무사가 추미혜의 앞을 막아선 것이다.

"단명!"

"아가씨. 뒤로 물러나십시오."

단명이라는 사내는 추미혜의 앞을 막아서며 4명의 흑의인과 대치하기 시작했다. 이때, 나머지 여인들과 함께 온 무인들과 소은찬의 호위무인들이 합세하자 오히려 15명의 흑의인을 나머지 무인들이 둘러싼 꼴이 되었다.

"이제 어쩔 셈이냐?"

웃으며 말하는 막여의 말에 흑의인이 여유 있게 미소를 지었다.

"뭐, 됐다. 어차피 우리 목표는 소은찬이니."

막여와 흑의인의 대치 상황이 고조되는 가운데 소윤이 무명을 향해 어이가 없다는 듯 물었다.

"뭐 해요?"

"뭐 하냐니? 호위무사로서 내 고용주를 지키는 거요."

사이좋게 식탁 아래에 몸을 숨긴 무명을 향해 소윤이 고개를 절레절레 저었다. 그래도 혹시나 무명이 숨겨둔 실력을 발휘해 흑의인을 제압하지는 않을까? 하는 생각을 한 자기 자신을 탓하던 소윤은 고개를 들어 잘 보이지 않는 연회장을 둘러보았다.

"그래도 철패도 막여가 있으니 무슨 일이 일어나거나 하진 않겠죠?"

소윤의 물음에 무명이 말없이 그들을 바라봤다. 물론, 정정당당한 싸움이라면 흑의인의 필패, 무인들의 필승이었다. 그러나 그들이 잡고 있는 것은 소은찬으로, 이 연회의 주인이자 이곳에서 가장 큰 영향력을 지닌 이였다. 인질이 잡힌 무인들이 흑의인을 제압하긴 힘들어 보였다.

"저들의 목표는 소은찬이오. 헌데 목표가 바로 손에 들어왔으니, 오히려 불리한 건 우리 쪽이오."

"하지만 저들이 할 수 있는게 없잖아요? 소은찬을 죽여 봐야 자기들도 죽을 텐데?"

흑의인을 뚫어져라 바라보던 무명이 입술을 깨물었다. 그들의 왼팔에 새겨진 뱀과 검(劍)문양을 본 것이다.

"사검(蛇劍)……."

"사검이요?"

"아무래도 일이 좋지 않게 돌아갈 수도 있겠소."

"그게 무슨 말이에요?"

덥석!

갑작스럽게 손을 잡는 무명의 모습에 소윤이 볼을 붉혔다. 외간 남자가 오늘 두번씩이나 손을 잡아챘다. 물론, 정확히 말하자면 외간남자라기보다는 자신의 호위무사였지만.

"왜요?"

어둠 속에서 빛나는 희미한 등불 아래에 비친 무명의 얼굴이 어쩐지 심각해 보인다고 느낄 찰나, 무명이 소윤을 보며 씨익— 웃었다.

"도망칩시다."

"네… 네!?"

무명이 소윤을 잡고 재빠르게 부성루를 빠져나가기 시작했다. 어차피 모든 시선과 이목이 흑의인과 막여 쪽으로 쏠려 있어 그들이 빠져나가는 건 생각보다 간단했다.

무명과 소윤이 나가는 것을 흑의인도 봤지만, 신경도 쓰지 않았다. 오래 있을 생각이 없기 때문이다.

단명과 추미혜 역시 그들이 나가는 것을 봤지만, 그들 역시 신경 쓰지 않았다.

'현명하군. 자신의 고용주를 지키기 위해 도망치는 것은 현명한 생각이다.'

다소 비겁해 보이고 겁쟁이처럼 느껴질 수 있었다. 그러나 호위무사가 지녀야 할 가장 큰 덕목은 그 무엇보다도 고용주의 안전을 먼저 생각하는 마음가짐이었다. 그렇게 따지면 무명의 행동은 호위무사로서 당연했다.

'역시 도망치는군.'

도망치는 무명의 뒷모습을 보며 추미혜가 콧방귀를 꼈다. 비쩍 마른 무명의 손에 이끌려 빠져나가는 소윤의 모습이 어쩐지 불쌍하게 느껴지기도 했다.

'저런 호위를 데리고 다니니… 쯧!'

약하고, 비겁하고, 겁이 많은 남자를 혐오하는 추미혜는 인상을 쓰며 무명을 바라봤다. 그래도 혹시나 하는 마음이 없지 않아 있었지만 결과는 역시나였다.

부성루를 빠져나온 무명이 소윤을 잡은 손을 놔주었다.

"잠깐 이곳에 계시오."

"네?"

어디론가 몸을 날린 무명은 잠시 후 다섯명의 흑의인을

데리고 나타났다. 그들 모두 못마땅한 표정을 한 채 무명의 뒤를 졸졸 따라오고 있었다.

"이들이 댁까지 데려다줄 거요. 이들과 함께 가시오."

"그럼 무명은?"

"나는 상황 좀 지켜보다 가겠소. 어차피 싸울 생각은 없으니 걱정 마시오."

"하지만……."

"뭐 해? 빨리 모시지 않고."

무명의 재촉에 흑의인들이 소윤을 데려가기 시작했다. 그때 그들의 대장으로 보이는 자의 어깨를 잡은 무명이 그의 귓가에 조용히 무언가를 속삭였다. 속삭임이 느껴질 때마다 흑의인의 표정이 하얗게 변해가더니, 이내 창백하다 못해 하얀 백지를 옮겨놓은 듯한 얼굴이 되었다. 그리고 대장 흑의인은 무명을 향해 고개를 연신 끄덕였다.

"그럼 맡기마."

소윤을 뒤로한 채 무명이 부성루로 돌아가고, 소윤은 걱정되는 표정으로 부성루를 바라봤다.

"어서 가죠. 늦게 가면 또 뭐라 할 테니."

"하지만……."

"됐소. 저 인간은 걱정 안 해도 됩니다."

흑의인의 재촉에 하는 수 없이 끌려간 소윤은 연신 뒤를 돌아보았다. 하지만 부성루는 점점 작아져 더 이상 볼 수 없게 되었다.

"소은찬은 어쩔 셈이냐?"

"이럴 생각이지."

한 흑의인의 신호와 함께 두명의 흑의인이 소은찬의 뒷목을 쳐 기절시킨 후 그를 데리고 부성루 밖으로 몸을 날렸다. 이에 막여가 그들을 막으려 했지만, 나머지 열두명의 흑의인이 그들을 막았다.

"워… 워! 진정하라고 막여."

말을 마친 흑의인이 품에서 주먹만 한 구슬 두개를 꺼냈다.

"이게 뭔지 알고 있나, 막여?"

"그건……?"

막여의 표정이 심각하게 변했다. 자주색의 동그란 구슬, 그것은 막여도 익히 들어 알고 있는 물건이었다.

"그걸 어떻게 네놈들이 가지고 있는 거지?"

"그래. 역시 알고 있군. 이것은 당문의 혈난비도옥(血亂飛刀玉)이다."

"혈난비도옥!"

구슬의 이름을 들은 단명의 표정 역시 딱딱하게 굳어지자 추미혜가 궁금함을 이기지 못하고 물었다.

"뭔데 그러는 거야?"

"당가에서 만든 비도옥입니다."

"비도옥?"

"네. 구슬 안에 있는 기관을 터트리면 화약이 터지며 그 안에 내장된 독이 발린 수십개의 작은 비도들이 주변을 난 자하게 됩니다. 작은 충격에도 폭발하며 살상력 역시 뛰어 납니다. 만약 저런게 이곳에서 터지면……."

단명이 주위를 둘러보았다. 수많은 연회 참가객들. 그중 엔 어린아이들도 있었고, 힘없는 여인들도 적지 않았다.

"많은 사람이 죽을 겁니다."

"그런……!"

으드드득—!

이를 바득바득 갈며 막여가 매서운 눈으로 흑의인을 바 라봤다.

"이딴 짓을 하고도 무사할 성 싶으냐?"

"그런 것은 아무 의미 없다. 우린 명령받은 의뢰를 수행 할 뿐."

흑의인이 높이 비도옥을 쳐들자 단명이 급히 검을 들어 올렸고, 막여가 빠르게 흑의인에게 달려들었다. 비도옥이 땅에 닿기 전에 잡아내기 위해서였다. 그러나 흑의인이 조 금 더 빨랐다.

"늦었다, 막여!"

흑의인의 손에 의해 바닥에 내리쳐진 비도옥. 그 모습을 본 단명이 추미혜를 감쌌고, 다른 무인들 역시 제 고용주 를 감싸거나 어디론가 몸을 날렸다. 늦었다는 걸 알아차린 막여 역시 박도에 내력을 주입시키며 뒤로 물러섰다.

콰앙―!

푸슈슈슈슈슈!

하지만 비도옥이 터지고 나서 뿜어진 것은 다름 아닌 연기였다. 터져나온 연기는 금세 연회장을 메웠다.

"이 개자식이!"

사태를 파악한 막여가 박도를 휘둘러 연기를 거두어냈지만, 흑의인들은 이미 모두 부성루를 빠져나간 뒤였다.

"놓칠 성 싶으냐!"

막여가 급히 몸을 날렸다.

주변을 두리번거리며 상황을 파악하던 추미혜가 막여와 함께 연회장으로 왔던 덩치의 사내를 바라보았다.

"같이 안 가셔도 돼요?"

"막여님 혼자 가셔도 될 겁니다."

그는 아주 당연하다는 듯 막여를 믿고 있었다.

* * *

"나… 날 어디로 데려가는 거야!?"

의식을 되찾은 소은찬의 발악에 흑의인 한명이 재갈을 꺼내 소은찬의 입에 물렸다.

"거 되게 시끄럽네."

"어차피 죽을 놈인데 시원하게 말이라도 하게 해주지 그랬어. 하하하!"

흑의인의 대화에 소은찬의 눈에 눈물이 고였다. 결국 추미혜의 환심도 못산 채로 이렇게 허무하게 죽게 되는 구나 하는 생각이 들자 눈물을 참을 수가 없었다.

그때였다.

"잠깐 기다려봐."

숲속에서 들려오는 목소리에 흑의인 두명이 자리에 멈추었다. 한명의 사내가 그 둘의 앞에 나타난 것이다.

"넌 뭐냐?"

비쩍 마르고 평범한 무복을 입은 사내가 앞에 서서 그들을 막자 흑의인이 흑도를 꺼내며 그에게 다가갔다.

"죽기 싫으면 당장 비⋯⋯!"

퍽―!

경쾌한 타격음과 함께 흑의인이 신형이 고꾸라졌다. 어느새 사내는 오른 주먹을 뻗은 모습을 하고 있었다. 그리고 그는 무표정한 얼굴로 나머지 흑의인을 바라보았다.

"그놈 내려놔."

급하게 흑도를 뽑아든 흑의인이 소은찬의 목에 흑도를 들이밀자 사내, 무명이 머리를 긁적였다.

"또 그거냐? 너희는 허구한 날 목에 칼날을 들이밀어⋯ 변화가 없어, 변화가."

"네놈은 뭔데 우리를 방해하는 거냐?!"

"누구긴!"

흑의인의 동공이 더할 나위 없이 커졌다. 말을 마친 무명의 신형이 좌우로 흔들리는가 싶더니 이내 시야에서 사라진 것이다.

"어… 어디에!?"

"어디긴!"

　퍽—!

　비명조차 지르지 못한 흑의인의 신형이 뒤로 넘어갔다. 어느새 다가온 무명이 흑의인의 뒷목을 인정사정없이 후려친 것이다.

"좋아. 소은찬이라고 했나?"

　재갈을 문 소은찬이 연신 고개를 끄덕였다. 울먹이며 바지를 축축하게 적신 그의 모습에 처량함을 느낀 무명이었지만, 곧 마음을 다잡으며 말했다.

"내가 널 구했으니."

"으으?"

　무명이 싸늘하게 웃으며 말했다.

"이번엔 네가 날 좀 도와야겠다."

그녀의 결심

"막여가 따라옵니다. 어찌할까요?"

"일단 몸을 숨긴다. 막여와 정면으로 붙는건 피해."

13명의 흑의인이 공중에서 사방으로 흩어졌다. 일사분란하게 흩어진 흑의인은 기척을 숨기며 어둠 속에 몸을 맡겼다. 뒤늦게 도착한 막여가 주변을 둘러보았지만, 어둠속으로 작정하고 숨어버린 흑의인을 찾는 것은 무리였다.

"제기랄!"

막여가 거칠게 박도를 땅에 박아 넣었다. 그는 이를 으드득― 갈며 분노했다. 하지만 흑의인의 모습은 어디에도 보이지 않았다. 단지, 조용한 적막함이 가득할 뿐이었다.

"개자식들."

막여는 금세 분노를 가라앉히며 박도를 등에 메고는 신형을 뒤로 돌렸다. 어차피 소은찬이란 자를 구하려 한게 아니라 추미혜의 부탁으로 흑의인을 쫓아냈던 것이다. 그런데 이렇게 작정하고 숨어버리면 막여로서도 어찌할 방도가 없었다.

신형을 돌린 막여가 땅을 박차며 사라지자 어둠 속에서 흑의인들이 하나둘씩 모습을 드러냈다.

"갔습니다."

"그래. 그럼 그곳을 향한다."

"네!"

13명의 흑의인이 동시에 몸을 날렸다. 나머지 두명의 흑의인이 소은찬을 붙잡아두고 기다리기로 한 장소로 향하기 위해서였다.

"잠깐……!"

예정해두었던 장소에 도착한 대장 흑의인이 손을 펼치며 나머지 흑의인들을 막아섰다.

"아, 이… 이제 오나? 기다리느라 발… 아, 아니, 목이 빠지는 줄 알았네!"

약간 떨리는 모습으로 그들을 맞이한 이는 바로 소은찬이었다. 분명 흑의인에 의해 제압되어 쓰러져 있던 소은찬이 어느새 검을 어깨에 둘러멘 채로 여유롭게 나무에 기대어 그들을 기다리고 있었다.

"어떻게 된거지?"

"어떻게 되기는. 보면 몰라!?"

과장스럽게 소리친 소은찬이 흑의인을 가리켰다.

"내, 내가 쓰러뜨렸지!"

"무공 실력이 형편없다고 들었는데. 정보가 잘못된 건가?"

"자. 어서 더, 덤비라고…! 날 잡으러 온거 아니었나!"

허세가 잔뜩 묻어나오는 외침이었지만, 대장 흑의인은 망설였다. 분명 제아무리 뛰어난 무인이라 하더라도 살수인 그들 13명을 홀로 대적하는 건 무리였다. 차라리 흑의인을 제압한 후 도망쳤어야 옳은 것인데, 소은찬이 그리하지 않았고 도리어 그들을 기다린 것이다.

'둘 중 하나겠군. 정말로 뛰어난 무공 실력을 가지고 있어서 우릴 상대하려 하는 것이거나… 뭔가 노림수가 있다는 뜻일 텐데.'

흑의인이 고개를 돌려 주변을 돌아보았다. 그러나 주변에서 느껴지는 기척이나 수상한 낌새는 전혀 없었다. 그때였다.

"오호라. 오지 않는다는 거지!? 그렇담 할 수 없지!"

품을 뒤적인 소은찬이 품에서 작은 죽통을 꺼냈다. 작은 끈이 나와 있는 죽통이었는데, 이를 발견한 흑의인이 눈을 부릅떴다.

"네놈들이 가지고 있던 신호탄이다. 이걸 터트리면 누구라도 내가 있는 곳을 알게 되지!"

죽통을 손에 든 소은찬의 말에 흑의인이 주먹을 불끈 쥐었다. 이대로 소은찬이 저 신호탄을 터트리면 돌아가던 막여가 다시 되돌아올 수도 있었고, 그가 아니더라도 소가장에서 파견된 무인들이 소은찬을 찾으러 올게 뻔했다.

'망설일 때가 아니다!'

"잡아라!"

흑의인의 외침과 함께 13명의 흑의인이 일제히 소은찬을 향해 달려들었다. 그러나 그들의 대장인 흑의인은 무엇인가 잘못되었음을 느꼈다. 일제히 달려드는 흑의인을 보는 소은찬의 눈동자엔 공포만이 가득했다. 여유와 허세가 가득한 모습은 온데간데없어지고, 소은찬은 공포에 질린 얼굴을 하고 있었다.

'뭔가 잘못됐다!'

부스럭—

흑의인의 시선이 소리가 난 곳으로 향했다. 이때까지도 그들은 소은찬을 향해 달려드는 중이었다. 소리가 난 곳은 바로 쓰러져 있던 흑의인 쪽이었다. 그들 중 한명이 신형을 일으키며 검집에서 검을 꺼내고 있었다. 반토막난 검을 꺼낸 사내는 흑의인을 보며 웃고 있었다.

"멈춰라! 진짜는 저기……."

퍼억—!

검신으로 맞아 허리가 직각으로 꺾인 두명의 흑의인이 튕겨 날아갔다.

"으악!"

"악!"

순식간이었다.

신형을 일으킨 흑의인이 소은찬에게 달려드는 흑의인을 향해 검을 휘두른 것은 그야말로 찰나의 순간. 하지만 그 짧은 순간에 두명이 정신을 잃었다.

"뭐, 뭐야!"

갑자기 일어선 정체불명의 사내는 검을 거두지 않고 경쾌하게 휘둘렀다. 그리고 다시 세명의 흑의인이 바닥에 널브러졌다.

모두 강렬한 충격에 정신을 잃은 것이다. 나머지 흑의인이 검을 들어 반격하려 했지만, 어둠 속에서 번뜩이는 사내의 검은 춤을 추듯 흑의인들을 후려쳤다.

사라졌다 나타났다를 반복하는 신출귀몰한 사내의 검은 눈 깜짝할 사이에 열명의 흑의인을 두들겨 패고 쓰러뜨렸다. 남은 이는 세명. 흑의인들의 대장이 검을 빼내며 검을 휘두르는 사내와 대치했다.

"누구냐!"

"잠깐만!"

서걱!

단 한번의 휘두름으로 흑의인 두명의 어깨를 베었다. 어깨를 베인 그들이 주춤하는 사이 사내가 다가와 그들의 뒷목을 검신으로 쳐댔다. 두명이 쓰러졌다.

'쾌검! 상상도 할 수 없는 속도의 검이다. 이놈은 막여보다 강하다! 우리가 상대할 수 있는 자가 아니야.'

대장 흑의인이 재빨리 뒤로 물러섰지만, 거리를 좁히는 사내의 속도가 훨씬 빨랐다. 어느새 지척으로 다가온 사내의 모습에 대장 흑의인이 빠르게 검을 찔러 넣었다.

"아⋯⋯!"

자신은 한번 찔러 넣었을 뿐인데, 사내의 검은 무려 세번을 베어왔다. 첫번째는 자신의 손목이요, 두번째는 팔꿈치, 그다음은 어깨였다.

"크윽!"

눈으로도 쫓을 수 없는 쾌검에 검을 놓친 흑의인은 마지막을 직감하고 눈을 질끈 감았다.

"이런! 그럴 순 없지!"

수욱―!

엄청난 속도로 찔러 들어온 사내의 손가락이 대장 흑의인의 입안을 헤집고 들어가 턱을 잡았고, 나머지 손으로 대장 흑의인의 가슴을 올려쳤다. 그와 동시에 턱을 잡은 손에 강한 힘을 줘 아래쪽으로 잡아당겼다.

우드득―!

괴상한 소리와 함께 턱이 빠져버린 대장 흑의인. 그런 흑의인의 옷을 붙잡은 사내는 얼굴에 쓰고 있던 복면을 벗으며 그와 마주했다.

"자. 그럼 대화 좀 나눠볼까?"

입안에 숨겨둔 독단을 씹으려 한 대장 흑의인은 자신을 마주한 사내를 바라보며 공포에 몸을 떨었다. 손속에 망설임이나 자비 따위는 없었으며, 눈빛에서도 아무런 감정이 느껴지지 않았다.

"네놈들은 살문(殺門)에 소속된 사검(蛇劍)이지?"

턱이 빠져 대답할 수 없기도 했지만, 대장 흑의인은 눈을 감고 아무런 의사표현도 하지 않았다.

"그래. 대답할 리가 없지, 그래서 유운검은 잘 있고?"

장난스러운 무명의 물음에 대장 흑의인이 눈을 부릅떴다. 그래선 안 되었다. 그에게 동요하는 것을 보여주면 안 된다고 다짐했지만, 무명의 입에서 나온 이름은 도저히 그를 동요하지 않을 수 없게 했다.

"그래그래. 반응을 보니 잘 있나보네. 사실 너희가 소은찬이란 놈을 잡아가서 구워먹든 삶아먹든 난 상관없어. 관심도 없고. 그런데 내가 아는 사람이 소은찬이란 녀석이 필요하거든. 그러니까 되도록이면 소은찬은 건들지 말고 살자?"

말을 마친 무명이 대장 흑의인의 턱을 잡고 밀어 넣었다. 다시 우득— 하는 괴이한 소리와 함께 대장 흑의인의 턱이 맞추어졌다.

"자. 그럼 만나서 반가웠고, 또 보지는 말자."

"우릴… 놔주는 거냐?"

"그래. 대신 유운검에게 전해. 조용히 살고 싶으면 내가 있는 곳엔 관여하지 말라고."

"어떻게 그분을 아는 거지?"

"거참… 말 많네. 아니까 알지. 나도 피곤하니까 빨리 가라고. 콱 죽여버리기 전에."

무명의 말에 대장 흑의인이 피가 흐르는 팔을 붙잡고 쓰러진 흑의인을 챙기기 시작했다. 다행히 큰 타격이 없었는지, 금세 정신을 차린 흑의인들은 각자 서로를 챙겨 자리를 떠나기 시작했다. 그때 몸을 부들부들 떨고 있던 소은찬이 재빨리 무명에게 다가와 말했다.

"저, 저들을 그냥 보내주는 거요!?"

"그럼?"

"저들은 날 납치하려 한 자들이요! 나를 죽이려 했단 말이오! 돈! 돈은 원하는 만큼 줄 테니 저들을… 켁!"

소은찬의 몸이 공중으로 떠올랐다. 물론, 소은찬이 갑작스러운 깨달음으로 전설의 경공술인 허공답보나 능공허도를 펼친 것은 아니었다. 어느새 무명에게 멱을 잡혀 허공에 대롱대롱 매달리게 된 것이다.

"아서라. 저놈들 죽으면 너는 물론이요, 네 가족들도 몰살당한다. 가족들도 황천길로 보낼 생각이 아니면 신호탄이나 쏴."

"케켁… 네, 네에. 켁!"

자유의 몸이 된 소은찬이 얼른 신호탄을 쐈다. 화약이 터져나가며 하늘로 치솟은 신호탄이 바람 빠지는 소리와 함께 허공에 날아올랐고, 곧 밝은 빛을 내기 시작했다.

 이윽고 무명은 저 멀리서 다가오는 기운을 느꼈다.

 "반응도 빨라… 난 간다."

 "예, 예? 저는?"

 "곧 철패도가 데리러 올게다."

 무명의 신형이 지워지듯 산에서 사라졌고, 무명의 말대로 막여가 금세 소은찬이 있는 곳에 도착했다.

 "음? 어떻게 된거냐?"

 "여… 역시 막여님! 구해주러 오셨군요!"

 울먹거리는 얼굴로 소은찬이 막여에게 다가가 그의 손을 맞잡았다. 처음엔 무슨 함정인가 싶어 막여가 주변을 둘러보았지만 느껴지는 기척은 없었다.

 "어찌 된거냐!?"

 "그게… 그들이 한눈을 판 사이에 도망쳐 나올 수 있었습니다. 놈들에게 잡히기 전에 막여님을 만날 수 있어 다행입니다."

 뭔가 탐탁지 않았지만 소은찬이 그렇게 말하니 막여도 어렵게 생각하지 않고 고개를 끄덕였다. 사실 무명에 대한 얘기를 하려 했지만 소은찬은 그리하지 않았다. 굳이 자신에게 무례하게 대한 무명에 대해 좋게 말할 생각도 없을 뿐더러, 그에게 구해졌다고 하면 자존심이 상하니 홀로 그들에게서 도망쳐 나왔다고 한 것이다.

"그럼 이만 가지."

"예. 막여님!"

소은찬을 데리고 가던 막여가 뒤를 돌아보았다.

'실력 있는 무인들이었다. 그런데 그들에게서 빠져나왔
다니…….'

고개를 돌린 막여가 소은찬은 은근한 눈으로 바라봤다.

'발재간은 좀 있는 건가?'

고개를 저은 막여는 그건 불가능한 일이라고 생각했다.
철패도라 불리는 자신을 어렵지 않게 따돌리던 흑의인들
이 소은찬 따위를 놓쳤을 리 없다. 그러나 이유야 어쨌건
추미혜가 원하던 대로 소은찬을 구해왔으니 그걸로 된 것
이라 생각했다. 막여는 굳이 더 캐묻지 않았다.

* * *

"괜찮을까요?"

소윤의 걱정스러운 말에 그녀를 집으로 데려다준 흑의인
이 고개를 끄덕였다.

"괜찮을 거요."

너무도 당연하게도 괜찮을 거라 말하는 그들의 모습에도
소윤은 안심이 되지 않았다. 그녀가 여태껏 봐왔던 무명은
겁 많은 잔소리꾼에, 대단한 식탐을 가지고 있었으며, 자

신같이 어여쁜 여인에게도 무례하기 그지없는 자였다. 그렇기에 걱정이 안 될 수가 없었다.

"아무튼 우린 가겠소."

양가장으로 소윤을 데려다준 다섯 명의 흑의인이 재빨리 양가장의 정문에서 사라졌다. 떠나는 그들에게 손을 흔들어준 소윤은 걱정스러운 마음에 부성루를 향해 고개를 돌렸다.

"괜찮으려나……."

양가장으로 들어오는 입구 앞쪽 계단에 무릎을 모으고 앉은 소윤은 한참이 지나도 무명이 오지 않자 자리에서 벌떡 일어섰다.

"아무래도 안 되겠어. 찾으러 가야겠어!"

"이 시간에 누굴 찾으러 간단 말이오?"

"누구겠어요! 당연히 무… 아! 괜찮아요?"

수풀 사이를 헤집고 나타난 무명이 어깨에 묻은 나뭇가지를 털어내며 앞으로 다가왔다. 그러자 소윤이 걱정스러운 표정으로 무명의 몸을 구석구석 살폈다.

"아주 말짱하오."

"어디 다친건 아니구요?"

"뭘 했어야 다치지 않겠소? 하하!"

"으이그… 자랑이에요, 자랑! 아무튼, 무사하니 다행이네요."

'그럼 그렇지'라며 푸념을 늘어놓은 소윤은 멀쩡해 보이는 무명을 보며 가슴을 쓸어내렸다.

다치지 않은 것 같아 다행이었다. 무명을 향해 미소를 지은 소윤이 양가장의 정문을 열며 말했다.

"그럼 들어가요."

"그럽시다. 오늘은 피곤한 하루였소."

"그러게요. 그리고 다음부터는 함부로 나서지 말아요. 다치지도 말고."

진심어린 걱정이 담긴 소윤의 말에 무명의 발걸음이 멈추었다. 무명이 앞서가는 소윤의 뒷모습을 바라봤다. 무명이 오지 않자 소윤이 뒤를 돌아보았다. 말없이 자신을 뚫어져라 쳐다보는 무명의 모습에 소윤이 얼굴을 붉히며 급히 말했다.

"아, 아직 계약 기간이 한참 남았는데 괜히 어디서 다치지 말라고요. 계약금도 줬는데… 아, 아무튼! 빨리 와요!"

정문을 통해 다급히 양가장으로 들어가는 소윤의 모습에 무명이 피식 웃었다.

"알겠소."

긴 다리로 성큼성큼 걸으며 무명이 양가장으로 들어섰다.

* * *

"소은찬이 살아 돌아왔다고 하네요?"

소윤이 놀라 말했다. 아침으로 나온 음식을 우물거리며 듣던 무명은 눈을 동그랗게 뜨고 말하는 소윤을 바라보다 말없이 고개를 끄덕였다.

"뭐예요, 그 반응은?"

건성으로 고개를 끄덕이며 관심 없다는 듯한 무명의 반응에 소윤이 인상을 썼다.

"소은찬이 살아왔다는 말 아니오?"

"그래요."

무명이 재차 고개를 끄덕였다.

"잘됐구려."

"어휴, 됐어요. 내가 그쪽에게 뭘 바라겠어요."

이유야 어찌 되었든 소은찬이 기적적으로 흑의인들의 손에서 벗어나 살아 돌아왔다는 소식에 소윤이 안도했다. 철패도 막여 덕분이라는 말도 있었고 소은찬의 기지로 흑의인에게서 도망쳤다는 얘기도 있었다.

이후 소가장은 흑의인의 정체와 흉수를 알아보기 위해 나섰고, 소은찬의 경호원의 수를 배로 늘렸다. 게다가 거금을 들여 무림의 유명한 무인들을 초청했다.

그런 날이 있고 나서 소윤은 홀로 시간을 보내는 날이 많아졌다. 멍하니 하늘을 볼 때도 있었고, 조용히 방에서 독서를 할 때도 있었다.

"흠."

다소곳해진 소윤의 행동에 피해를 보기 시작한 건 다름

아닌 무명이었다. 한달간은 계약 때문에 양가장에서 지내야 했다. 그런데 소윤이 할 일 없이 가만히 있으니 그녀의 호위무사인 무명 역시 할 일이 없었다.

소윤과 계약하기 전, 생존을 위한 자신과의 사투를 벌일 때에도 이토록 지루하지는 않았다. 하지만 지금은 지루함과 무료함이라는 이름의 적과 사투를 벌이는 중이었다.

"지루하군. 지루해……."

마땅히 할게 없어 마당에 빗질을 하던 무명은 빗자루를 내려놓고 소윤의 처소로 발걸음을 옮겼다.

"저기. 안에 있소?"

"네?"

갑작스러운 무명의 방문에 소윤이 방에서 나왔다. 약간 핼쑥해진 소윤을 보며 무명이 인상을 썼다.

"그새 얼굴이 반쪽이 되었소."

"후유… 그렇게 보여요?"

양손을 들어 두뺨을 어루만지며 소윤이 울상을 지어 보였다.

"이렇게 곱고 아름다운 외모를 가지고도… 어찌 내 님을 찾지 못할까요……?"

안쓰럽게 자신의 얼굴을 쓰다듬는 소윤의 모습에 무명이 멍하니 소윤을 바라보다 곧 인상을 굳혔다.

"내가 봤을 때 그쪽은 그… 망상 때문에 안 생기는 것 같소. 좀 더 자신을 객관적으로 볼 필요가 있을 것… 억!"

"뭐라고요!?"

빠르게 내질러진 소윤의 발끝이 무명의 정강이에 닿았다. 혼신의 힘을 다한 소윤의 일격에 무너진 무명이 땅에 주저앉으며 울먹였다.

"아니! 나는 내 의견의 자유도 없단 말이오!?"

"의견도 의견다워야 의견인 거죠! 흥!"

홱 하고 고개를 돌린 소윤이 방문을 열어젖히고는 쿵! 소리를 내며 문을 닫았다. 주저앉아 울상을 짓던 무명이 입을 삐죽 내밀었다.

"참나… 자신이 뭐 선녀라도 되는 줄 아나."

쾅!

소윤의 방문이 거칠게 열렸다. 깜짝 놀란 무명이 몸서리치며 급히 말했다.

"아니오, 아니오! 선녀가 맞소, 선녀가!"

"뭔 소리예요?"

"아, 아니오… 그런데 왜 갑자기 나오는 거요?"

방에서 나온 소윤이 주저앉아 있는 무명을 일으켜 세운 뒤 똘망똘망한 눈으로 무명을 올려다보았다. 게다가 잘 보이지 않던 미소까지 지어 보이니 그녀를 앞에 둔 무명은 이유를 알 수 없는 두려움에 몸을 흠칫 떨어야 했다. 순간적으로 느껴지는 기분 나쁜 예감에 무명이 인상을 굳히며 조심스럽게 물었다.

"뭐, 뭐요?"

"무명. 혹시 중원에 대해 잘 알고 계신가요?"

"중원? 정확히 무엇을 잘 아냐고 묻는 것이오?"

"중원의 그러니까… 문파라든지… 세가 같은 곳이요."

소윤의 말을 들은 무명이 작게 고개를 끄덕였다.

"음. 유명한 곳이라면 알고는 있소."

"정말요?"

활짝 웃으며 묻는 소윤의 모습에 괜스레 뿌듯해진 무명이 어색하게 웃으며 말했다.

"하하! 뭐, 훌륭한 낭인이라면 그 정도 지식이야 기본 아니겠소? 하하!"

"가요."

"그래. 가요. 하하… 하… 뭐요?"

웃던 얼굴을 지운 무명이 고개를 갸웃하며 묻자 소윤이 진한 미소와 함께 무명의 팔을 부여잡았다.

"가요. 그 유명한 문파와 세가라는 곳으로."

"가서 뭐 하자는 거요?"

"그야 그곳에서 잘나간다는 후기지수를 만나야죠."

"만나서?"

이해를 할 수 없다는 듯한 무명의 질문에 소윤이 인상을 굳혔다.

"당연히 깊은 관계를 쌓은 뒤 혼인을 올려야죠."

얼토당토 않는 소윤의 말에 무명이 팔에 올려진 소윤의 팔을 뿌리치며 소윤의 머리를 검지로 꾹꾹 눌렀다.

"생각이란 걸 좀 하시오. 그자들이 뭐가 아쉬워서 소윤
과 혼인을 올린단 말이오?"

금세 무표정으로 돌아간 소윤이 팔짱을 끼며 말했다.

"왜 안 된다는 거죠?"

팔짱을 끼며 싸늘하게 묻는 소윤의 말에 무명이 머리를
긁적이며 어색하게 미소 지었다.

"하하… 그야… 그거야… "

돌연 표정을 바꿔 진지해진 무명이 소윤의 어깨를 감싸
며 그녀를 끌어당겼다.

"아……."

가까워진 무명의 가슴에 소윤이 볼을 붉히며 얼굴을 뒤
로 뺐다. 처음 만났을 땐 분명 비쩍 말라 있었는데, 지금
보니 무명의 몸이 탄탄하게 느껴졌다. 그동안 소은찬의 연
회에서 먹고, 양가장에서 배불리 먹다 보니 금세 살이 붙
은 것이다. 무명은 어느새 잘생기진 않아도 그럭저럭 남성
미 넘치게 생긴 얼굴에 탄탄한 몸으로 돌아가 있었다.

게다가 키까지 커서 상대적으로 작은 소윤의 신형이 무
명의 품속으로 쏙 들어갈 수 있었다.

"그거야 소윤은……."

중저음에 달하는 무명의 굵직한 목소리가 귓가에 들리자
소윤은 저도 모르게 볼을 붉혔다. 단 한번도 남자에게 이
리 안겨본 적이 없었기 때문이다. 그리고 무명이 상체를
숙이자 무명의 얼굴이 점점 소윤과 가까워졌다.

'아… 아, 안 돼.'

가까워져 오는 무명의 얼굴을 소윤은 힘껏 뿌리치려 했지만, 마음과는 다르게 몸이 움직이지 않았다. 어느새 숨소리마저 닿을 거리에 무명의 얼굴이 가까워오자 소윤은 저도 모르게 눈을 질끈 감았다.

"소윤은……."

무명의 낮고 굵은 목소리에 소윤이 고개를 들었다. 어찌해야 할지는 모르겠지만 일단 얼굴을 맞대야 하는 건가 하는 생각에서였다.

고개를 들고 눈을 감은 소윤의 귓가에 무명의 목소리가 나긋하게 울려퍼졌다.

"못생겼으니까요."

"네……."

소윤의 눈이 번뜩 뜨였다.

"뭐라고요!?"

화가 난 소윤이 눈을 번뜩이며 무명을 잡으려 했지만, 무명의 신형이 엄청난 속도로 멀어졌다. 그와 만난 이후로 가장 빠른 움직임이었다.

"야! 무명! 이 자식아!"

멀어져 가는 무명을 보며 소윤이 악을 질렀다. 그러나 무명은 이미 저 멀리로 사라진 후였다. 어느새 점으로 변해 저 멀리 사라진 무명을 보며 소윤이 가슴에 손을 얹었다.

놀림 받은 것에 대한 분노 그리고 흥분 때문에 가슴이 이

리도 펄쩍 뛰는 건지 아니면 다른 이유에서인지 그것까지
는 알 수 없었다. 이제는 보이지 않는 무명을 보며 소윤이
작게 중얼거렸다.

"참나… 평소엔 되게 굼뜨면서 이럴 땐 되게 빠르네."

사라진 무명을 뒤로하고 소윤이 가슴을 조용히 쓰다듬었
다. 좀처럼 가슴이 진정되지 않았기 때문이다.

* * *

"그래. 소은찬을 데려오는 데에 실패했다고?"

차가운 사내의 목소리에 흑의인이 몸을 부들부들 떨었
다. 사내는 조용히 앉아 있던 의자에서 일어나 흑의인에게
다가갔다. 그가 다가갈수록 흑의인의 떨림은 더욱 커져만
갔다.

"실패한 이유가 뭐지? 살문에서의 실패는 무엇을 의미
하는지… 너도 알고 있을 텐데?"

"죄송합니다. 변명은 하지 않겠습니다."

흑의인은 눈을 조용히 감았다. 그리고 곧 그의 떨림도 멎
었다. 흑의인이 각오한 것을 알아차린 사내가 조용히 허리
춤에서 검을 뽑아냈다. 살문에서의 실패는 곧 죽음. 검을
뽑아낸 사내의 오른팔이 하늘로 치솟았다.

"그자가 마지막으로 전해달라고 한 말이 있습니다."

"그자?"

흑의인을 베려던 사내가 검을 내리며 물었다. 흑의인이 감겨진 눈을 뜨며 사내를 올려다보았다.

"네. 저희를 막은 사내가 유운검님에게 '조용히 살고 싶으면 내가 있는 곳엔 관여하지 마라'라고 전해달라 했습니… 큭!"

한손으로 흑의인을 들어올린 사내가 섬뜩해진 눈빛으로 흑의인을 노려보았다.

"그자, 어떻게 생겼지?"

"마… 마른 체형에 키, 키가 크고 반토막 난 검을… 억!"

흑의인을 잡은 손을 풀고 쿨럭이는 흑의인을 복잡한 눈으로 내려다보던 사내가 머리를 쓸어 올렸다.

"산서와 관련된 모든 의뢰를 중단하고 철수하라 일러라."

사내의 말을 들은 또 다른 흑의인이 눈을 크게 뜨며 물었다.

"하지만 산서에 걸린 의뢰가 한두개도 아니고… 취소하면 위약금이…….."

"취소해."

"알겠습니다."

단호한 사내의 말에 흑의인이 고개를 끄덕이며 물러갔다. 아직도 쿨럭이는 쓰러진 흑의인을 보며 사내가 말했다.

"네 목숨은 살려주마. 네 부하들도. 대신 그자에 대한 이야기는 그 누구에게도 발설하지 마라."

"알겠습니다."

간신히 목숨을 건진 흑의인이 떠나자 도로 의자에 앉은 사내가 얼굴에 손을 얹으며 깊은 한숨을 내쉬었다.

"하아……."

곧 부드럽고 하얀 손가락이 사내의 어깨를 쓰다듬고는 그의 가슴과 복부까지 부드럽게 쓸어 올렸다.

"무슨 고민 있으신가요?"

"과거의… 과거……."

"그자라는 사람, 아는 사람인가요?"

매혹적인 여인의 목소리에 사내가 고개를 끄덕였다.

"그래, 내가……."

감았던 사내의 눈이 조용히 떠졌다.

"잘 아는 사내지."

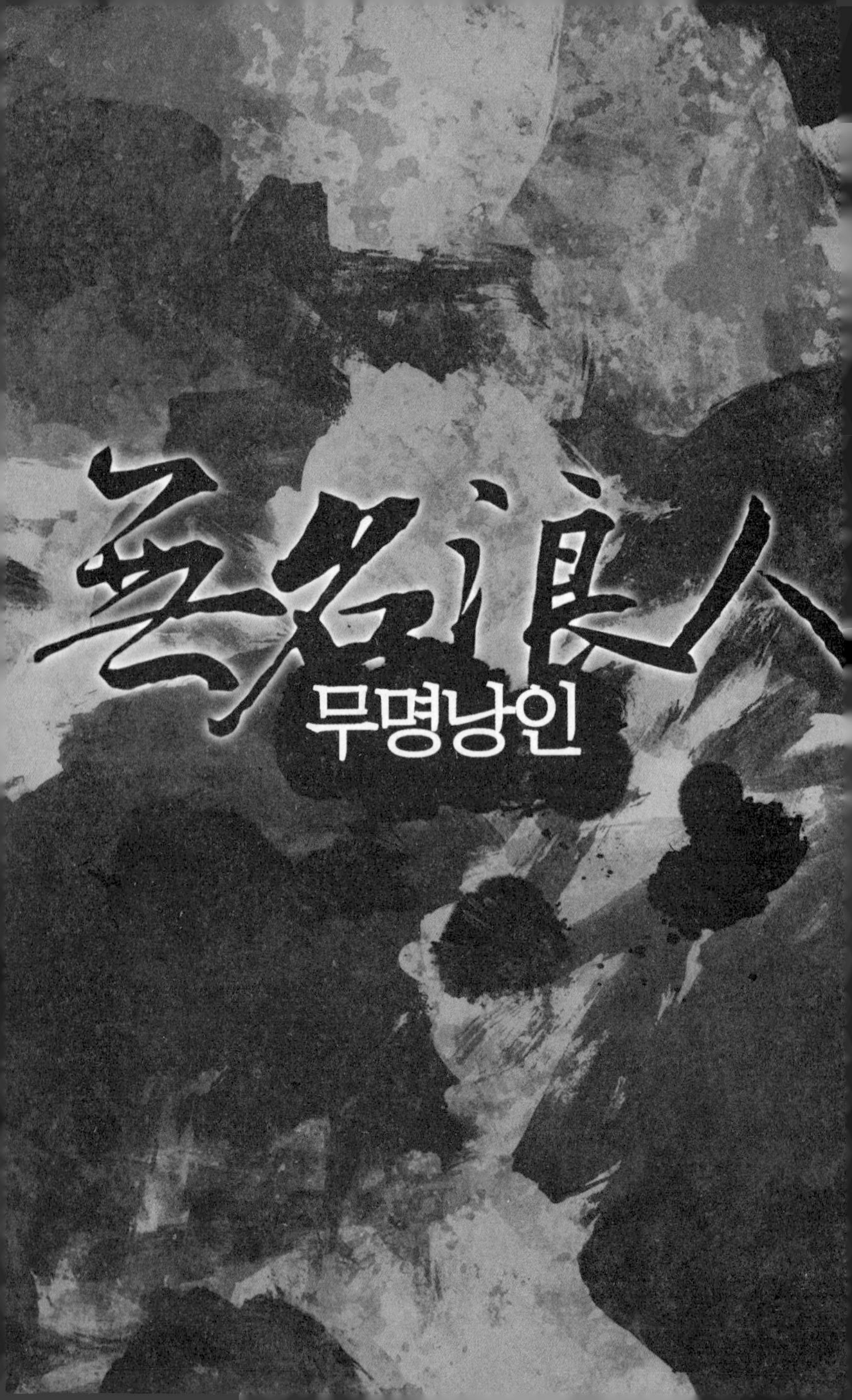
無名浪人
무명낭인

무림초출(武林初出)

　소윤이 있는 곳에서 멀리 떨어진 곳. 그곳에 선 무명이
머리를 긁적였다. 이제 저녁을 먹어야 하는 시간인데, 소
윤이 모습을 드러내지를 않았다. 이대로라면 그녀의 호위
무사인 자신은 굶을 수밖에 없었다.

　"아니, 그럴 순 없다."

　무명의 눈이 뜨겁게 타올랐다. 두달간 얼마나 힘들었는
가. 그 누구보다 무서운 공복과의 사투를 장장 두달간 이
어왔다. 그리고 드디어 그 공복에서 해방되었건만, 또다
시 굶주림을 느낄 순 없었다.

　"그래!"

주먹을 불끈 쥔 무명이 소윤의 방을 뜨겁게 바라봤다. 진실은 때론 왜곡될 수 있다고 자신을 합리화하며 자리에서 일어난 무명은 결의를 다지며 주먹을 불끈 쥐었다.

"사과하는 거야!"

힘차게 발을 뗀 무명의 신형이 빠르게 소윤의 방 앞으로 나아갔다. 소윤의 처소에 도착한 무명이 조심스럽게 입을 뗐다.

"소윤. 안에 계시오?"

하지만 아무런 소리도 들려오지 않았다.

"허… 그리도 충격적이었나? 하지만 진실은 진실인 것을… 허허."

"죽을래요?"

문을 강하게 박차고 모습을 드러낸 소윤을 보며 무명이 활짝 웃었다. 드디어 밥을 먹을 수 있을 거라 생각했기 때문이다. 하지만 드러난 소윤의 모습이 조금 이상했다.

등에는 커다란 보따리를 메고 옷은 치마가 아닌 바지로 움직이기 편리한 의복이라 할 수 있었다. 특이한 외양을 한 채 나타난 소윤은 무명을 보며 힘차게 말했다.

"가요!"

"어디를 말이요?"

"강호로!"

"어째서 강호로 간단 말이오?"

"그야 제 인연을 찾으러 가는 거죠. 이대로 산서에 틀어

박혀 있다간, 돈 많은 미공자는커녕 농부랑 혼인해야 할지도 몰라요. 그러니 제가 직접 움직여야죠."

당당하게 말해오는 소윤을 향해 무명이 고개를 저으며 말했다.

"하지만 소은찬! 소은찬이 있잖소?"

"그자는 틀렸어요! 그런 일이 있었으니 다시 연회 같은 걸 열 리도 없고, 이미 그는 추미혜란 계집에게 넘어갔어요. 아무래도 새로운 사람을 찾아야 할 것 같으니 어서 가요! 시간이 없으니까!"

제 몸뚱이만 한 보따리를 짊어진 소윤이 재빨리 걷기 시작했다. 장주인 양비언에게 이 사실을 알리기 위해서였다. 총총걸음으로 본당으로 향하는 소윤을 보며 무명이 한숨을 내쉬었다.

"휴으… 괜한 짓을 했군."

소은찬을 구하기 위해 벌였던 고생들을 떠올리며 무명은 땅이 꺼져라 한숨을 내쉬었다. 그래도 고용주인 소윤을 위한 마음으로 정체를 드러내면서까지 구해줬건만, 이제 소은찬은 아무짝에도 쓸모가 없어졌다.

"흐음. 그래도 경비 정도는 받을 수 있겠군."

총총걸음으로 빠르게 나아가는 소윤을 뒤따라 무명이 긴 다리를 휘적거리며 걷기 시작했다.

* * *

"중원이 어떤 곳인지는 너도 어깨너머로 들어 알고 있을 게다."

"네. 위험한 곳임은 알고 있습니다."

"예전부터 너는 고집이 강했지."

양가장의 장주 양방의 앞에 한 여인이 공손한 자세로 앉아 있었다. 그녀의 이름은 양소윤.

부모와 가족들의 여의고 혼자가 된 어린 소녀가 지금은 크게 장성하여 세상 밖으로 나가기를 원했다.

피는 섞이지 않았어도 양방과 그의 아내인 류홍은 부모된 마음으로 진심을 다해 양소윤을 키웠다. 이를 모를 리 없는 소윤은 자신을 거두어주고 지금까지 잘 키워준 양방과 류홍에게 깊은 감사를 느꼈다.

"언제쯤 돌아올 생각이더냐?"

반대할 거라 생각했던 양방이 돌아올 시기를 묻자 소윤은 살짝 의외라는 표정을 지었다.

"그게… 일이 잘 풀리면 금방 돌아올 겁니다."

"청아에게 네 호위무사에 대한 이야기를 들었단다. 믿을 만한 무사더냐?"

믿을 만한 무사냐는 물음에 소윤은 선뜻 대답하지 못했다. 솔직히 말하면 양방이 걱정할 게 뻔했고, 그렇다고 거짓말을 하기엔 양심의 가책이 느껴졌다.

그러나 양심의 가책보다는 양방이 걱정하지 않는게 더욱

중요했기에 소윤은 웃는 낯으로 고개를 끄덕였다.

"물론입니다. 소가장에서 일어난 소란에서도 그분이 절 지켜주었습니다."

"그렇구나."

허심탄회한 표정으로 미소를 짓는 양방의 얼굴엔 깊은 주름살이 패였다. 그의 외동딸인 양청아는 늦둥이었고, 소윤을 데려올 적만 해도 그와 류흥의 나이는 사십줄을 바라보고 있었다. 성인이 된 소윤의 앞에 앉은 양방의 얼굴에 주름살이 깊게 새겨진 것은 어찌 보면 당연했다.

"이걸 가져가거라."

서랍을 뒤지던 양방이 녹빛의 작은 주머니를 꺼낸 뒤 이를 소윤에게 넘겨주었다.

작은 주머니를 받은 소윤은 주머니에서 느껴지는 묵직함에 놀란 듯 말했다.

"이건 돈이 아닙니까?"

"중원으로 나가면 돈 나갈 곳이 많이 있을 게다. 네가 이미 경비를 챙겨두었다고는 해도 부족할지도 모르니 가져가거라. 혹여나 돌려줄 생각은 하지 말거라 아비가 주는 선물이니."

"알겠…습니다."

"목소리에 물기가 묻어나는구나."

주름진 손을 뻗어 소윤의 머리를 부드럽게 쓰다듬어주던 양방을 향해 소윤이 안겨왔다.

'아버지……'

태산(泰山)같이 널찍하고 포근하던 아버지 양방의 품은 어느새 작아졌다. 소윤은 한품에 안을 수 없을 정도로 커졌고, 양방은 등이 굽어 작아진 탓이었다.

"다녀오거라. 너무 늦진 말고."

"네. 아버지."

아버지인 양방과의 대화를 마친 소윤은 양어머니인 류홍을 찾아갔다. 그녀는 양청아와 함께 자수를 놓는 중이었다.

"어머니."

"청아에게 듣기론 네가 중원으로 나간다던데… 사실이었구나."

양방과 마찬가지로 류홍의 얼굴엔 세월의 흔적들이 군데군데 드러났다. 그녀의 곁에 앉아 자수를 함께 놓고 있던 양청아는 두손으로 류홍의 어깨를 주물렀다.

"힘든 일이 있거든 곧바로 돌아오거라. 우린 언제나 여기 있을 테니까."

"네. 어머니."

"사고치지 말고 조심히 다녀와."

양녀인 자신을 친딸처럼 대해준 류홍과 친동생처럼 여겨준 양청아와의 대화를 모두 끝낸 소윤은 벅차오르는 감정을 애써 절제하며 자리를 떴다.

"하아."

막상 집을 떠난다고 생각하니 앞이 막막했다. 그러나 혼자가 아니었으므로 소윤은 어떻게든 될 거라는 긍정적인 마음가짐을 가지며 양가장의 대문 앞에 쪼그려 앉았다.

본격적으로 중원, 그 수많은 무인들의 땀과 피가 흐르는 강호 속으로 힘찬 첫걸음을 내디디려 했건만 무명이 들릴 데가 있다며 어디론가 훌쩍 떠나버렸다. 때문에 소윤은 떠나버린 무명을 하염없이 기다렸다.

양손으로 턱을 받친 채 긴 한숨을 내쉬던 소윤은 저 멀리서 익숙한 차림새의 사내가 두 다리를 여유롭게 휘적거리며 다가오고 있음을 발견했다.

기쁨과 분노가 뒤섞인 성난 음성이 소윤의 목을 통해 터져나왔다.

"왜 이제 와요!?"

소윤의 노기 어린 음성에 무명이 헐레벌떡 달려왔다.

"아아. 미안하오."

"어디 갔다 온 거예요?"

"아무래도 강호는 위험하지 않소? 그러니… 요즘 강호의 근황을 듣고 왔소."

"흐음……?"

의심의 눈초리로 자신을 훑어보는 소윤의 눈빛에 괜스레 움츠러들던 무명이 급히 그녀의 어깨를 잡아 이끌며 말했다.

"자자, 어서 갑시다."

"일단 알았어요."

여전히 머뭇거리던 무명의 행동이 의심스럽기는 했지만, 아무것도 아니라는 듯 앞서 걸어나가는 무명을 보며 소윤이 작게 미소 지었다. 사실 강호로 떠난다고 선언한 이후 무명이 어딘가 갔다 온다며 사라지자 그녀는 겁이 났다. 혹시 무명이 도망친 건 아닐까? 강호 출두가 두려워 모습을 감췄다면? 아직 계약 기간이 남았지만 겨우 철전 몇 푼으로 이어진 계약이었다. 지금까지 무명이 자신의 곁을 지키고 있는 것만으로도 놀랍다고 할 수 있었으니 소윤이 걱정하는 것도 무리는 아니었다.

하지만 무명은 도망치지 않았고 다시 돌아왔다. 그 모습이 소윤을 들뜨게 했다.

'그리고… 요즘은 꽤 봐줄 만해졌단 말이야?'

앞에서 무복자락을 휘적거리며 걷는 무명을 보고 소윤이 고개를 끄덕였다. 그도 그럴 것이 살이 붙어 어느 정도 체격이 드러나자 무명은 더 이상 비쩍 말랐던 해골무인이 아니었다. 옷도 멀끔한 걸로 구해다주고 음식도 돼지처럼 먹여놨더니 어느새 든든해 보이는 호위무사로 탈바꿈한 것이다.

물론, 허리춤에서 덜렁거리는 반쪽짜리 검만 빼놓는다면.

"그 검 소중한 거예요?"

"아, 이 검말이오?"

무명이 허리춤에서 반토막 난 검을 꺼내보이자 소윤이 고개를 끄덕였다.

"네. 그 검… 반쪽밖에 없는데 왜 들고 다니는 거예요? 역시 소중한 검인가요?"

"아아, 아니오. 반쪽 자리 검이 뭐 좋다고 들고 다니겠소."

"그… 그… 그럼 왜 들고 다니는 거예요?"

당황하며 묻는 소윤의 모습에 무명이 도리어 인상을 쓰며 말했다.

"검은 안 사주지 않았소? 게다가 계약금으로 철전 몇 푼을 받았는데, 내가 무슨 재주로 새 검을 사겠소."

"하지만 사달라고 한도 없잖아요? 게다가 나는 그 검이 소중한 건 줄 알고…….."

"괜히 검을 받았다가 계약이 연장될까봐 말하지 않은 것이오. 그리고 어차피 내가 싸울 일이 뭐 있겠소."

한가롭기 그지없는 무명의 말에 소윤이 인상을 팍 쓰며 말했다.

"그럼! 내가 위험에 처하면 안 싸울 거예요?"

"흐음… 만약 상대가 동네 파락호라면 내 기꺼이 두팔 거들고 지켜주리다."

"만약 상대가 무인이라면요?"

은근한 기대가 섞인 소윤의 물음에 무명이 머리를 긁적였다.

"그땐 각자 알아서 살길을 찾읍시다."

"이게 무슨 호위무사야!"

* * *

"괜찮아요?"

걱정스러운 눈빛을 한 소윤이 무명의 옆에 섰다. 그러나 무명은 소윤에게 눈길조차 주지 않은 채 퉁명스럽게 말했다.

"말 걸지 마시오."

"에이. 사내가 그런 걸로 삐져요?"

"난 삐진 것이 아니오. 단지 우리의 관계에 대해 생각 중인 것이오."

화끈거리는 등짝. 무명은 잠시 눈을 감은 채 걷기 시작했다. 지금 느껴지는 이 감촉과 고통에 대해 생각을 해둘 필요가 있었기 때문이다.

'어찌하여 여인이라는 생물의 손이 이리도 매울 수 있단 말인가… 무공을 배운 적이 없어 내력이 담겨 있지도 않을 텐데…….'

각자 살길을 찾자는 무명의 말에 분노한 소윤은 화를 참지 못하고 무명의 등짝을 있는 힘껏 손바닥으로 내리쳤다. 이 강력한 손바닥 공격에 당한 무명은 비명조차 지르지 못한 채 바닥에 무릎을 꿇고 열심히 등짝으로 손을 뻗었다.

그러나 인간의 손이 닿지 못하는 부위에 가격을 당하는 바람에 무명의 손은 고통스러운 등짝에 닿지 못했다. 그는 불의의 일격을 당한 고통을 달래지 못했다. 결국 할 수 있는게 없었던 무명은 화끈한 고통에 눈을 질끈 감아야 했다.

'혹… 여인들의 손에는 화공이라도 깃들어 있는 걸까…….'

화산파의 매화수들이 사용한다는 화공장(火功掌)을 당한다면 이런 느낌일까. 이런 고통일까. 무명은 알 수 없어 고개를 저었다.

"그러니까 호위무사가 그런 얘기를 하면 어떻게 해요?"

"그냥 해본 소리 아니겠소."

"그럼 진짜로 어떻게 할 거예요?"

소윤이 같은 질문을 반복했고, 잠시 말이 없어진 무명이 그녀를 진지한 눈빛으로 바라봤다. 돌연 진지한 눈으로 자신을 바라보는 무명의 모습에 소윤의 가슴이 콩닥거려 왔다. 가까이 다가온 무명의 큰 키와 널찍한 어깨가 그녀를 감싸오는 듯했다.

"그땐……."

'그땐……?'

소윤이 반짝이는 눈으로 무명을 바라보자 무명이 커다란 손으로 소윤의 머리를 쓸어내렸다.

"역시 각자 살길을 찾는 것이 현명하지 않겠소? 둘보다야 하나라도 사는 것이…….”

“야!”

다시 한번 소윤의 손바닥이 날카롭게 날아들었지만 이미 예상하고 있던 무명은 빠르게 달려 나갈 수 있었다. 순식간에 거리를 벌리며 멀어지는 무명을 향해 소윤이 분노를 토해냈다.

“어디 가!”

“조금만 더 가면 섬서요! 그리고 이 길로 쭉 가면 유림이라는 마을이 나오는데, 그곳에 있는 화풍객잔에서 봅시다!”

어느새 점이 되어 사라져 가는 무명을 보며 소윤이 이를 갈았다. 그리고 분노로 주먹 쥔 소윤의 양손이 부들부들 떨려왔다.

“에휴…….”

곧 속을 가라앉히며 숨을 내쉰 소윤은 허탈하게 미소 지었다.

“왜 이러는 거야…….”

항상 자신에게 못되게 굴고, 장난치고, 못생겼다 말하는 무명이었지만 그가 싫지 않았다. 음식에 대한 욕심도 많고, 놀기 좋아하며, 만사가 귀찮은 듯 뒹굴 때는 얄미웠다. 하지만 진지한 모습으로 다가올 적이면 괜스레 가슴이 두근거렸다.

“아이고. 이 정신 나간 년. 남자를 얼마나 못 만나봤으면."

얼마나 남자를 못 만나봤으면 이럴까 싶어 소윤은 고개를 저었다.

"내 꿈은 강한 미공자 혹은 부유한 미공자의 아내가 되는 거야!"

다시금 자신의 꿈을 되새기며 소윤이 급히 멀어지는 무명의 모습을 쫓아 걸었다.

* * *

"흐흥!"

화풍객잔의 점소이 양량은 오늘도 기분 좋게 식탁을 정리했다. 오늘은 진상 손님도 없었으며, 비교적 일이 일찍 끝났다. 이미 밤은 늦었을 뿐더러 비가 오고 있었기에 더 들어올 손님도 없을 테니, 이 식탁만 정리하면 오늘의 하루 일과가 끝이 나는 것이다.

난생 처음 착하고 마음씨 좋은 손님만을 받은 하루에 감사하며 양량이 기쁜 마음으로 식탁을 전부 닦아냈다.

"하… 매일이 오늘만 같았으면… 아냐. 어쩌면 내일도 오늘처럼……."

오늘같이 평온한 하루가 내일도 오지 않을까 하는 소박한 양량의 바램.

쿵!

"으악!"

거칠게 열리는 문에 깜짝 놀란 양량이 비명을 지르며 화
풍객잔의 정문을 바라봤다. 그리고 그곳에는 비에 홀딱 젖
은 붉은 비단옷의 여인이 보였다.

보통 비에 젖은 여인은 가냘프고 보호본능을 자극하며,
몸에 착 달라붙은 옷이 의해 남자의 마음을 설레게 한다지
만, 양량이 마주한 여인은 전혀 그런 것들과 무관했다.

빗물에 화장이 지워진 것인지, 그녀의 눈에선 검은 눈물
이 흐르고 있었다.

"……"

여인이 작게 뭐라 중얼거렸지만 너무 작아 들리지 않았
다. 양량이 그녀에게 조심스럽게 다가갔다.

"뭐, 뭐라고 하셨…나요?"

"…딨…어?"

"네……?"

여전히 들리지 않자 양량은 그녀의 곁에 바짝 다가갔다.
그러자 그녀가 우악스럽게 손을 뻗어 양량을 자신의 품속
으로 이끌었다.

"으… 으악!"

끌려들어간 양량의 귓가에 그녀의 싸늘한 목소리가 들려
왔다.

"무명, 어디 있어?"

"무, 무명이요?"

"큰 키에 푸른색 무복을 입은 남자."

싸늘한 눈빛, 싸늘한 목소리. 몸을 덜덜 떨며 양량이 급히 기억을 뒤졌다. 그리고 얼마 안 가 한시진 전 화풍객잔을 찾아왔던 남자를 기억해냈다.

"이층 105호 객실에 머물고 있는 분 말씀이신가요?"

"이층 105호?"

"네… 네!"

양량을 놔준 여인이 절뚝거리며 이층으로 향했다. 그리고 그녀가 지나간 곳에는 빗물이 흥건하게 바닥을 적시고 있었다. 이 모습을 보던 양량이 머리에 손을 얹었다.

"그러면 그렇지… 어휴."

결코 순탄하게 끝날 리 없는 자신의 하루를 탓하며 양량은 조용히 걸레를 가지러 갔다. 그때, 객잔주 호둥이 나타나 양량을 향해 물어왔다.

"누가 온게냐?"

"예. 젊은 마녀… 아니, 여인이 왔습니다."

"허어. 이 시간에, 게다가 저 폭풍우를 뚫고 말이냐?"

호둥의 말에 양량이 열린 문 사이로 보이는 거센 빗줄기에 고개를 끄덕이며 말했다.

"네. 그러게요"

* * *

"흠."

한편, 객실에서 몸을 뉘이고 있던 무명은 소가장에서 받아온 주머니를 열어본 이후 심적 갈등에 휩싸여 있었다. 그 주머니에 든것은 은으로 만든 세개의 두꺼비상이었다. 이를 은전으로 바꾼다면 어마어마한 재화가 무명의 손에 들어올 것이다.

"역시 산서의 재력가답군. 통이 아주 커!"

혹시 경비나 좀 받을 수 있지 않을까 하는 마음에 소가장을 찾아간 무명은 그곳에서 은 두꺼비를 받게 되었다. 만약 이 정도 돈이라면, 무명 혼자서 5년간은 충분히 놀고먹고 하는 데에 부족함이 없었다.

"이대로 도망… 아니야. 그래도 나 하나 믿고 강호로 뛰어든 여인이 있거늘. 게다가 아직 계약 기간이……."

"무명……."

싸늘한 목소리에 무명이 고개를 휘휘 돌렸다. 그러나 보이는 것은 객실의 가구들뿐이었다.

"잘못 들은 건가?"

괜스레 서늘해지는 등골에 무명이 주머니를 곱게 잡아매며 품속에 고이 갈무리해 넣어두었다.

콰강!

번개가 치자 밝은 빛이 무명의 객실을 비추었다. 그리고 무명은 볼 수 있었다. 객실 문에 비춰진 한 여인의 형상을.

"소… 소윤? 이제 왔소? 너무 늦……."

여인의 형상을 발견한 무명이 재빨리 객실의 문을 열었다. 그리고 마주한 붉은 비단옷의 기괴한 얼굴을 한 여인의 모습에 무명이 급히 객실 문을 닫았다.

"헛것을 본 게로군."

무명이 뒤돌아 급히 침상으로 걸어갔다.

"요즘 기가 허약해졌나. 웬 요물이……."

쿠웅!

객실 문이 요란하게 흔들리며 열렸다. 그리고 들어온 붉은 비단옷의 여인이 무명의 목을 양손으로 쥐었다.

"커… 커컥!"

"무명 이놈아! 뭐? 근처? 곧? 이 밤중이 돼서야! 저 폭풍우를 뚫고서야 도착할 수 있었는데! 뭐! 금방?"

"커… 커컥! 그… 컥!"

"뭐라고? 죽고 싶다고?"

"아, 아니… 켁!"

소윤은 한동안 무명의 목을 쥐고 흔들었다. 그러다 분이 어느 정도 가셨는지 무명을 놓아주고 몸을 씻고 옷을 갈아입은 뒤 돌아올 테니 가만히 앉아 기다리란 말을 남기고 사라졌다.

마치 사형선고를 받은 죄수처럼 바닥에 앉아 있던 무명이 깊은 한숨을 내쉬었다.

"하아… 도망칠까?"

스르륵!

무명의 객실 문이 살며시 열리며 작은 체구의 귀여운 얼굴을 한 점소이가 모습을 드러냈다. 그녀는 화풍객잔의 이층을 관리하는 점소이이자 열다섯살이라는 어린 나이의 꼬마 유향이었다.

유향은 천진난만한 미소로 무명에게 다가왔다.

"무슨 일이냐?"

꼬마 유향을 향한 무명의 물음에 유향이 돌연 싸늘해진 얼굴로 말했다.

"도망치면."

유향이 짤막한 엄지를 들어 목을 긋는 시늉을 해 보였다.

"뒤진다."

유향의 뜬금없는 살인예고에 무명이 멍한 표정을 짓자 다시금 화사한 미소를 되찾은 유향이 밝게 말했다.

"라고 소윤님이 전해달라고 하시네요. 그리고 무명님이 객실에 잘 계신지 살펴달라고 부탁하셨어요. 그럼 전 이만."

말을 마친 유향이 총총걸음으로 객실을 빠져나갔다.

비록 객실에서는 보이지 않았지만, 무명은 유향과 소윤의 시선이 느껴지는 듯했다.

"허……."

소윤의 치밀함에 치를 떨던 무명은 한숨을 낮게 내쉬었다.

한편, 욕실에 들어간 소윤은 젖은 옷을 벗고 차디찬 물에
몸을 담갔다. 물은 얼음장처럼 차가웠지만 시간이 시간인
지라 따스한 물을 기대하는 건 바보 같은 짓이었다.

어쩔 수 없이 찬물에 몸을 씻던 소윤은 자신의 윗 가슴 부
근에 새겨진 검은색의 꽃을 아련한 눈빛으로 내려다보았
다.

어릴 적 그녀의 생가에서 새겨놓은 문신이었다.

'안 돼.'

차츰 잊어가던 어릴 적의 기억이 그녀의 머릿속을 채워
가자 소윤은 모든 생각을 떨쳐낼 요량으로 찬물에 얼굴을
담갔다.

차가운 냉기가 모든 생각을 떨쳐주길 바라며.

* * *

"내가 알아본 결과 섬서에 소저에게 어울리는 남자가 두
명이 있소."

평소와는 다르게 의욕적인 무명의 모습에 다리를 꼬고
앉아 거만하고 도도한 표정을 짓고 있던 소윤이 고개를 까
딱이며 말했다.

"읊어봐요."

무명의 오른손과 이마에 작은 힘줄이 돋아났다.

"어라? 화내는 거예요?"

"하하… 내가 어찌 화를 내겠소."

부드득 이를 갈며 말하는 무명을 앞에 두고 소윤이 간드러지게 웃으며 말했다.

"그럼 어서 말해봐요. 나와 어울리는 남자가 누가 있는지."

작게 한숨을 내쉰 무명은 어쩌다가 자신이 이 거만한 여인에게 꼼짝 못하게 되었는지에 대해 한탄했다. 차라리 소윤과 함께 화풍객잔에 비를 함께 맞으며 왔다면… 하며 후회하던 무명은 도도한 표정의 소윤의 모습에 재차 한숨을 내쉬었다.

이틀 전 밤.

목욕을 마치고 돌아온 소윤은 몸을 덜덜 떨었다. 비를 맞고 온몸에 찬물을 끼얹으며 몸을 씻었기 때문이다.

온몸을 엄습하는 차가운 냉기에 맞서 소윤은 급히 옷을 갈아입으려 했다. 하지만 쏟아지는 폭우에 여벌의 옷이 모두 젖었고, 소윤은 할 수 없이 객잔에서 옷을 빌려야 했다.

그런데 문제가 하나 생겼다. 객잔에서 빌린 옷들이 하필 한여름철에 잠옷으로 입을 만한 얇디얇은 옷들이었던 것이다.

폭풍 속을 뚫고 와 찬물로 몸을 씻고 바람이 숭숭— 들어오는 옷을 입었으니, 웬만한 무인들도 오한에 들 만한 상황. 이를 무인이 아닌 평범한 여인인 소윤이 견딜 수 있을 리가 없었다.

"엣취!"

아니나 다를까, 감기에 걸린 소윤은 골골대기 시작했다. 항상 씩씩한 여장부의 모습을 보이던 소윤이 다 죽어가는 몰골로 기침을 해대니 무명은 죄책감에 쉽사리 잠을 이룰 수 없었다.

그렇기에 무명은 죄책감과 미안함에 극진히 소윤을 간호하고 그녀가 원하는 것이 있다면 그가 할 수 있는 선에서 전부 해주었다.

그런 일이 이틀이 지속되자, 소윤은 어느새 뻔뻔해지고, 오만해졌으며, 도도해졌다.

마치 호위무사가 아닌 시종을 거느리듯 무명을 다루기 시작했고, 무명은 점점 노예가 되었다.

그리고 이틀이 지난 후 감기가 말끔히 나은 소윤은 여전히 도도하고 오만한 태도를 고수하고 있었다.

"언제까지……."

무명이 이를 갈며 말하자, 소윤이 손을 들어올리며 몸을 움츠렸다.

"콜록! 콜록! 하아……."

아련하고 최대한 불쌍한 표정을 지어내며 마른기침을 한 소윤이 가녀린 눈빛으로 무명을 바라봤다. 그 모습을 마주한 무명의 두손이 부들부들 떨렸다. 누가 봐도 일부로 한 기침. 꾀병이었다. 하지만 그녀가 아닌 이상 꾀병임을 증명할 방법이 없었기에 무명은 분노를 삭힐 수밖에 없었다.

"일단, 첫번째는 화산파의 제자이면서 나이는 스물일곱의 신수운이라는 자요."

"흐음. 무림인인가요?"

"그렇소. 외모도 출중하고 뛰어난 무공 실력과 더불어 인품이 뛰어나기로 자자하오. 최근에는 사두오적이라는 사파의 무리들을 혼자서 격파함으로써 그 이름이 더욱 널리 퍼지고 있는 자요."

무명이 물어온 신수운이라는 무림인에 대한 정보가 썩 마음에 들었는지 소윤이 만족스러운 듯 고개를 끄덕였다.

"과연 부족함이 없는 남자군요."

소윤의 말에 무명이 조용히 그녀를 노려보았다.

'맞소. 소윤에게는 상당히 아까운 남자…….'

차마 속의 말을 꺼내지 못한 무명이 헛기침을 하며 말을 이었다.

"흠흠! 두번째는 섬서에서 유명한 홍환상단(紅環商團)의 상단주 주공유의 아들 주유성이요. 외모는 평범하나 가진 재력은 말할 것도 없고, 상인으로서의 자질도 출중하오. 또한 상단주 주공유의 영향을 많이 받은 듯 인품도 훌륭하고, 아랫사람을 부리는 일에도 능하다고 하는 것 같소. 아마 차기 상단주가 될 테니 앞으로 그의 가능성과 잠재력은 무궁무진하다 할 수 있소."

"호오!"

탄성을 자아내는 소윤의 모습에 무명이 인상을 찡그렸다.

'이자도 소윤에게는 상당히 아까운 남자. 하나같이 아까운 이들뿐이로구나…….'

탄식마저 속으로 갈무리하는 무명을 향해 소윤이 고개를 갸웃거리며 물었다.

"그럼, 이제 어떻게 하죠?"

소윤의 물음을 이해하지 못했는지 무명이 고개를 기웃했다.

"뭘… 말이오?"

"그 남자들… 어떻게 하냐고요."

"뭘 어떻게 하냐는 말이오?"

"어떻게 하면… 그 사람들과… 그… 저…….."

부끄러운 듯 머뭇거리며 몸을 꼼지락거리는 소윤을 향해 무명이 인상을 찡그리며 말했다.

"그거야 이제 소윤에게 달린 것 아니겠소? 나는 그자들에 대한 정보를 알아왔고, 정보까지 쥐어줬으니 내 일은 끝났소. 이제는 그쪽에게 달렸다고 할 수 있지 않겠소?"

"제, 제게요?"

"그렇소. 어서 가서 아름답기 그지없고 인성도 훌륭하여 흠잡을 데가 없는 그쪽이 그들을 유혹해보시오."

"아, 아무리 그래도…….."

답답하다는 듯 무명이 고개를 저으며 말했다.

"어허! 떠먹여줘야 밥을 먹을 수 있소? 이제 소윤도 성인이니 자신의 배필을 자신이 쟁취할 줄 알아야 할것 아니오? 어서 가시오."

"그래요. 갑시다!"

화산파의 신수운이오

　"도착했소."

　마구 떨리는 소윤의 동공이 거대한 화산파를 우러러 올려다봤다. 거대한 홍매화들이 즐비하게 널려 있어 붉은 산, 즉, 홍산(紅山)이라고도 불리는 화산의 중턱에 위치한 화산파. 그 아름답고도 거대한 위용에 소윤은 괜시리 작아지는 듯한 느낌을 받았다.

　"여, 여기가 화산파예요……?"

　"그렇소, 처음 보는 것이오?"

　"당연하죠! 산서를 떠나본 적이 없으니."

　"흐음……."

난생 처음 보는 화산파의 모습에 떨고 있는 소윤과는 반대로 그녀의 옆에 서 있는 무명은 감회에 젖은 얼굴로 화산파를 바라봤다.

"오랜만이군."

"화산파에 오신 적이 있어요?"

"아, 아무래도 낭인이다 보니… 이곳저곳 떠돌아다니기 마련이잖소? 그러니 알고 있는 것이오."

"으음."

무명이 말을 더듬거리는 것이 의아하긴 했으나, 그도 자신처럼 떨리는 건가보다 하고 쉽게 넘긴 소윤은 마른침을 삼키며 화산파의 정문을 바라봤다.

"그럼 갈까요?"

"근데, 어떻게 들어갈 셈이요?"

"네?"

"저긴 화산파요. 기별을 넣고 온것도 아니니 명분도, 이유도 없지 않소? 아니면 가서 신수운과 혼인하러 왔다고 할 것이오?"

"그건 아니지만……."

소윤이 망설이며 방법을 찾지 못하자 무명이 머리를 긁적이며 앞으로 나섰다.

"돌아갑시다."

"여기까지 와서요?"

"소윤에게 화산파에 대해 보여주려고 온 것이오."

무겁게 내려앉은 무명의 목소리에 소윤이 그를 바라봤다.

사뭇 진지해진 표정의 무명이 소윤을 내려다보며 말했다.

"이제 알겠소? 당신이 가지려는 남자가 속한 곳이 바로 이곳 화산파요. 유구한 역사와 전통을 가진 구파일방의 하나인 화산파란 말이오. 그리고 그런 곳에서도 내로라하는 무인 중 하나이자 최근 중원 전역에 명성을 떨치고 있는 신수운을 가지려면 이 커다란 문턱을 넘어야 한단 말이오."

이어지는 무명의 날카로운 지적에 소윤이 고개를 끄덕였다. 단순히 훌륭한 무인이나 돈 많은 미공자에게 시집가는 것이 그녀의 목표였다. 그런데 이렇게 실제로 마주하게 되니 소윤은 자신이란 존재가 저절로 작아짐을 느꼈다. 자신에 대해 자신감이 없는 것은 아니었다. 하지만 그렇다고 그녀는 자신을 주제넘게 생각해본 적도 없었다.

자신에게 처한 현실을 그녀는 잘 알고 있었다.

"돌아가죠……."

기가 죽은 듯한 소윤의 씁쓸한 뒷모습에 무명이 말없이 그녀를 바라봤다.

"쯧… 힘이 잔뜩 들어간 모습도 보기 싫은데, 풀이 죽어 있는 모습은 더 싫군."

* * *

이부자리에 몸을 뉘인 소윤은 지그시 눈을 감았다.

눈앞이 어두워지자 무작정 자신의 짝을 찾겠다고 양가장을 뛰쳐나온 자신이 철없게만 느껴졌다. 일단 강호에 나가기만 하면, 마치 우연과도 같이 천생의 배필을 만날 수 있을 것만 같았다.

가령 위기에 빠진다든지 지나가던 미공자와 한눈에 사랑에 빠진다든지 하는 그런 막연한 상상 속에서 화산파를 마주했다.

현실을 깨달은 소윤은 괜스레 허탈해졌다.

"하긴, 나같은 게… 가진것 쥐뿔도 없는 내가 그런 사람들과 어울린다는 게 말이 안 되는 거였지……."

몸을 일으킨 소윤이 짐을 챙겼다. 그때, 소윤의 객실 앞에서 무명의 목소리가 들려왔다.

"들어가도 되겠소?"

"들어와요."

들어온 무명은 짐을 싸는 소윤의 모습에 고개를 갸웃했다.

"뭐 하시오?"

"뭐긴요. 짐 싸죠."

"그니까 짐을 왜 싸고 있난 말이오?"

짐을 싸고 있던 손을 멈춘 소윤이 무명을 보며 말했다.

126

"그냥 '현실을 깨달아버렸다?'라고 하면 되겠네요. 역시 그 사람들과 저는 어울리지 않는 것 같아요. 자신도 없고요."

"그래서 다시 돌아가자는 것이오?"

"그래요. 다시 돌아가요."

짐을 다 싼 소윤이 자리에 일어서 무명에게 다가왔다. 그리고는 어색하게 미소 지으며 그를 바라봤다.

"고마워요, 그래도… 덕분에 왠지 좋은 꿈을 꾼 것 같긴 해요. 짧지만 산서를 벗어났던 것도 꽤나 흥미로운 경험이었구요."

어색한 미소가 지워지고 소윤이 밝게 미소 지었다. 그 모습을 묵묵히 보던 무명이 소윤을 향해 진중하게 물었다.

"혼인을 올려본 적은 없으나 보통 혼인이라는 것은 사랑하는 사람들끼리 하는 것이라고 알고 있소. 그런데 왜… 사랑하지 않는 사람들과 혼인하려는 것이오?"

"지키고 싶어서요."

꽤나 곤란한 질문이었음에도 소윤은 망설임 없이 대답했다. 오랫동안 생각해온 답이었으리라.

"지금의 중원을 두고 약육강식이라고 하잖아요. 그건 저처럼 평범한 여인들에게는 더욱 와닿는 말이에요. 이 세계에서 성공하기 위해서는 추미혜처럼 재산이 많거나 강한 힘을 가지고 있어야 하지만 저는 아무것도 가진게 없어요. 그건 제 가족들도 마찬가지고요."

슬픔을 억누르려는 듯 소윤이 고개를 숙이고 입술을 꾹 다물었다.

"저는 양가장의 양녀예요. 사람들은 제게 숨기려 하지만 저는 알고 있었어요. 제 아버지와 어머니… 가족들이 모두 살해당했고, 유일한 생존자가 저예요. 그래서… 제 자신과 가족들을 지키기 위해서 능력 있는 사람을 배필로 맞이하려는 거예요. 다시는 그런 일을 겪고 싶지 않아요. 겪게 하고 싶지도 않고요."

이어지는 소윤의 고백에 무명은 아무 말도 하지 못했다. 그저 말없이 소윤을 외면하려는 듯 고개를 살짝 돌릴 뿐이었다.

약간의 정적이 흐른 뒤 먼저 입을 연 쪽은 소윤이었다.

"그럼 이제 돌아가요. 원하던 성과는 못 얻었지만 나름 즐거웠……."

"이틀 후, 화산파에서는 화룡제(火龍第)라는 행사가 열리오. 일종의 무투대회인데, 화산파의 무인들이 자신들의 실력을 뽐내며 구파일방의 최고 기재들에게만 주어진다는 용(龍)이란 별호를 얻기 위해 경쟁을 벌인다고 하오."

"그런…데요?"

"화룡제는 화산파의 무인이 아니더라도 관람을 하러 갈 수 있소. 물론, 소정의 입장료를 지불해야 하지만 화룡제에는 틀림없이 신수운도 참가할 것이오."

"제가 그를 만날 수 있을까요?"

망설이며 묻는 소윤의 자신 없는 목소리에 무명이 미소를 지으며 말했다.

"그런 말이 있소. 높은 나무 위에 열려 있는 열매가 맛이 있는지 없는지는 먹어봐야 알 수 있다."

"그런 말이 정말로 있어요……?"

불신어린 표정의 소윤의 말에 무명이 고개를 끄덕이며 말했다.

"의심하지 말고 들으시오. 어쨌든 그게 뜻하는 바가 무엇일 것 같소?"

"글쎄요… 먹어봐야 맛있는지 알 수 있단 말인가요?"

소윤의 말에 무명이 고개를 끄덕였다.

"그렇소. 겪어보기 전엔 아무것도 알 수 없단 말이오."

* * *

이틀 후.

다시 찾아간 화산파는 북적이는 사람들로 인해 발 디딜 틈도 없었다.

수많은 사람들을 비집고 들어간 소윤과 무명은 사람들을 열심히 헤쳐 나가며 화룡제의 관람 접수처에 다다랐다.

"어휴. 사람들이 엄청 많네……."

소윤의 말에 무명이 고개를 끄덕이면서도 불만어린 표정으로 소윤을 바라봤다.

"그런데, 나는 왜 와야 하는 것이오?"

무명의 불만은 바로 그것이다. 이 화룡제를 관람하러 온 것도, 화산파에 온것도 모두 소윤의 신랑감을 찾기 위해 신수운을 만나러 온 것이거늘. 왜 자신도 이 수많은 인파에 휩싸이면서 재미도 없는 화룡제를 봐야 하냐는 것이다.

원래 무명은 소윤을 화룡제에 던져두고 자신만의 시간을 가지려고 했다.

"무명은 가끔 자신의 본분을 잊는다니까요?"

"천하의 화산파에서 소윤이 위험한 일이 있겠소?"

"나같이 어여쁜 여인이 혈혈단신으로 돌아다니면 없던 위험도 생기는 법이에요."

당당히 말하는 소윤의 말에 잠시 표정 없는 얼굴로 소윤을 바라보던 무명이었다. 그러나 이미 그런 표정엔 내성이 생길 대로 생겨버린 소윤은 여전히 당당하기 그지없었다.

"가죠."

관람을 위한 접수처에 다가가자 그곳에서 업무를 보던 화산파의 무인이 소윤과 무명을 발견하고는 미소를 띠며 말했다.

"화룡제 관람을 위해 오신 건가요?"

무인의 물음에 소윤이 고개를 끄덕였다.

"네. 성인 두명이에요."

"음. 화룡제 관람료 성인 두명. 은자 두냥입니다."

"으, 은자 두… 두냥이요?"

철전이 백개가 모여야 은자 한냥이 되었으니, 총 철전 이 백개 분의 돈이었다. 즉, 은자 두냥이면 무명을 스물다섯 명 고용할 수 있는 값이었다. 물론 무명의 삯이 그만큼 싸다는 뜻이기도 했다.

은자 두냥이라는 접수원의 말에 소윤이 손을 벌벌 떨었다. 안 그래도 화풍객잔에 머물면서 쓴 돈이 적지 않은데, 소윤에게 은자 두냥이라는 돈이 있을 리가 없었다.

울상을 지으며 주머니를 털어보았지만 나오는 것은 철전 몇 푼뿐이었다.

"이렇게 비쌀 줄이야……."

한숨을 내쉬는 그녀의 뒷모습을 보던 무명이 주머니 속의 은 두꺼비를 만지작댔다. 이걸 은자로 환산한다면 소윤과 무명은 화룡제의 귀빈석에도 앉을 수 있었다. 그러나 그는 고개를 저었다.

'아니. 이건 내 노후 자금으로 요긴하게 쓰일 두꺼비다. 이런 곳에서 여인네 신랑 찾아주겠다고 쓰일 두꺼비가 아니란 말이지…….'

무명은 '암 그렇고말고'라 중얼거리며 고개를 끄덕였다.

"돌아가요, 무명……."

"돈이 없는 거요?"

"네… 아니, 은자 두냥이면 낼 수 있어요. 단지 제가 가진 모든 것을 털어놔야 하기 때문에 안 된다는 거예요."

"허어! 이 드넓은 강호를 유랑할 돈을 그것밖에 가져오지 않았단 말이오?"

우드득—

소윤의 입에서 이가 갈리는 소리가 들려왔다.

"이게 다 누구 때문인데?"

소윤의 말에 무명은 시선을 피했다. 이를 가는 듯 매서운 소윤의 말에 무명은 잊었던 기억이 떠올렸다.

화풍객잔에서 그가 해치운 오리를 모은다면 대가족을 꾸릴 수 있었고, 먹은 돼지고기의 부위를 합하면 세마리의 돼지를 창조할 수 있을 지경이었다. 그리고 이 모든 식비를 소윤이 댔으니, 은자 두냥이 남았다는 사실도 감탄할 만했다.

"흠흠……!"

딴청을 피우던 무명이 고개를 돌리자 그곳엔 익숙한 얼굴이 보였다.

"음? 저 여인… 어디서 많이 본 여인인데."

"누구요?"

눈까지 찌푸리며 고개를 갸웃거리는 무명의 모습에 소윤이 까치발을 들고 주변을 살폈다. 곧 익숙한 얼굴을 발견한 소윤이 인상을 팍— 썼다.

"추미혜?"

"양소윤? 네가 왜 여기에 있는 거야?"

추미혜의 옆에는 쌍검의 무사 단명이 그녀를 지키고 있었다. 그 역시 무명을 발견하고는 짧게 목례를 했고, 무명도 짤막한 목례로 답했다.

"그거야……."

"아아. 소은찬에 이어서 이번엔 대 화산파의 제자들을 보러 온거야?"

추미혜의 비아냥에 소윤이 얼굴을 붉히며 고개를 저었다.

"그런거 아니야."

"그렇지? 난 또 설마 네가 또 주제도 모르고……."

곧 싸늘하게 미소 지은 추미혜가 소윤을 향해 말했다.

"화산파의 제자들에게 불순한 마음을 가지고 있는 줄 알았지 뭐야. 호호!"

웃으며 떠나가는 추미혜를 보며 소윤이 손을 부들댔다. 하지만 예전부터 쌓아온 여러 경험들 때문일까 그녀는 항상 추미혜의 앞에만 서면 작아지고 말았다.

이번에도 추미혜에게 주눅이 든 소윤의 뒷모습에 무명이 볼을 긁적였다.

"흐음."

그녀들의 대화를 조용히 듣고 있던 무명이 탐탁지 않은 표정으로 멀어져 가는 추미혜를 봤다. 예전 소은찬의 연회에서는 그러려니 하고 넘어갔지만, 지금은 또 기분이 좋지 못했다. 비록 무명의 입장에서 본 소윤은 부족한 게 많은 여인이었지만, 어디까지나 그의 고용주이기도 했다.

낭인의 자존심이 허락하지 못했다.

"화룡제를 관람합시다."

"하지만······."

소윤이 울상을 짓자 무명이 부들거리는 손으로 주머니에서 무엇인가를 꺼냈다. 그러자 놀랍게도 그의 주머니에서 찬란한 빛을 내는 은색 두꺼비가 세상을 향해 자신의 번들거리는 자태를 드러냈고, 이를 목도한 소윤의 눈이 더할 나위 없이 커졌다.

"그게 웬 두꺼비예요?"

"내 노후자금이요··· 비록 지금 쓰일 줄은 몰랐으나 은자 두냥 정도라면······."

은 두꺼비의 등장에 소윤이 말없이 무명을 바라봤다.

말없이 자신을 바라보는 소윤이 어색했던 걸까 무명이 머쓱하게 미소 지으며 그녀를 잡아 이끌었다.

"자자. 갑시다. 더 늦으면 자리가 없을지도 모르니!"

쾌활하게 말하며 접수처로 향하는 무명을 보며 소윤이 저도 모르게 볼을 붉혔다.

'은 두꺼비가 있으면서··· 왜 철전으로 나와 계약을 맺은 거지······?'

그녀는 이해할 수 없었다. 은자 한냥이 철전 백냥을 뜻했고, 두꺼비는 은자 오십냥은 주어야 하는 재물이었다. 그런데 그만큼의 재물을 지니고서 어째서 자신과 철전 몇 푼짜리로 호위무사 계약을 맺은 걸까. 이해할 수 없었다.

'서··· 설마?'

소윤의 시선에 처량하게 은 두꺼비를 내려놓는 무명의 모습이 보였다.

"잘 보살펴주시오."

"아… 네."

"외로움을 많이 타니… 은자와 함께 두셔야 하오."

"아… 그렇군요."

"그리고 이름은 일두(一頭)요. 꼭 한번씩 불러줘야 하오."

"알겠으니까 이제 가요."

"흑!"

일두라는 이름까지 지어준 은 두꺼비를 보내며 무명이 울상을 지었다. 만난지 일주일도 안 되어 보내게 된 일두를 보며 무명이 입술을 깨물었다.

"너를 두고 가는 나를 용서하거라."

눈물을 머금고 입장료를 뺀 나머지 은자를 돌려받은 무명이 총총걸음으로 소윤에게 다가가 그녀에게 입장권을 하나 내밀었다.

"여기 있소."

"네……."

붉어진 소윤의 얼굴을 보며 괜스레 기분이 이상해진 무명이 고개를 갸웃했다.

"음!? 또 감기라도 든 것이오?"

무명이 거침없이 손을 들어 소윤의 이마에 손을 대자 소윤이 놀라며 뒤로 물러섰다.

"아, 아니에요, 감기… 어서 가죠. 자리가 없어요."

"그럽시다."

요란한 몸짓으로 자신의 손을 피하는 소윤을 보며 무명은 적잖이 당황했다. 하지만 이내 씩씩하게 걸어가는 소윤을 보며 무명은 자신도 모르게 웃음을 지으며 그 뒤를 따랐다.

* * *

"엄청 많네요?"

붉은 홍매화가 수놓아진 무복과 이를 입은 수많은 무인들이 존재하는 화산파의 화룡제. 그곳에 서게 된 소윤이 눈을 동그랗게 뜨며 주변을 둘러보았다. 신기한 듯 미소 지으며 주변을 둘러보는 소윤의 모습에 무명이 다시 한번 작게 미소 지었다.

항상 거칠고 폭력적이던 소윤이 지금은 순수한 소녀처럼 주변을 두리번거리며 신기한 듯 웃고 있었다. 그 모습이 무명에게는 꽤나 신선했다.

"화산파의 후기지수들이라면 거의 대다수가 참여하는 화룡제는 이를 구경하러 오는 이들도 적지 않아서 사람들이 많은 것이오."

"아아."

얼마간의 시간이 지나자 사람들은 화산파 무인의 도움을

받아 화룡제 연무장에 마련된 관람석에 질서정연하게 착석하였다. 물론, 그들 중에는 소윤과 무명도 함께 껴 있었다.

"오늘 따라 기분이 매우 좋아 보이는데 이유가 있소?"

"운이 좋아서요. 이렇게 사람들이 많은데 가장 앞자리에 앉게 될 줄은 몰랐거든요."

"하긴, 운이 좋은 것 같소."

사실 그들의 운은 별로 안 좋았다. 입장권을 사는 것이 늦어지는 바람에 괜찮은 자리는 모두 팔려나간 후였고, 원래대로라면 그들의 자리는 맨 뒷좌석이 되어야 했다. 하지만 신수운을 가까이에 보는 것이 좋을 거라 생각한 무명이 큰돈을 들여 귀빈석의 자리를 산 것이다.

이 사실을 알 리가 없는 소윤은 운이 좋다며 눈을 초롱초롱하게 빛냈다.

"이런 축제나 행사를 직접 보는게 처음이에요. 그런데 되게 활기차고 즐겁네요."

시끌벅적한 사람들의 목소리와 화산파 특유의 열정이 느껴지는 걸까. 소윤은 뜨겁게 느껴지는 현장의 분위기에 기분이 좋았다.

답답하던 가슴이 뻥 뚫리는 기분이었고, 산서에서 느끼던 지루함이 전부 가시는 기분이었다.

기분이 좋아진 소윤은 고개를 돌려 저도 모르게 옆에 앉은 무명을 바라봤다. 지루한 건지 답답한 건지 알 수 없는 묘한 표정으로 화룡제의 개회식을 바라보는 그의 얼굴을 빤히 바라보던 소윤이 작은 손을 말아 쥐었다.

무려 화산파의 장문인인 장소야가 직접 나와 개회식을 거행했고, 수많은 사람들의 환호성과 함께 화룡제가 화려하기 시작되었다.

"히익!"

소윤이 양손으로 두 눈을 가렸다. 몸을 움찔대며 손가락을 살며시 벌려 연무장을 바라보다 다시 눈을 질끈 감는 소윤을 보며 무명이 궁금한 듯 물었다.

"뭐 하는 거요?"

"저… 저, 저렇게 위험하게 해도 되나요?"

떨리는 목소리 말하는 소윤을 보며 무명이 고개를 끄덕이며 당연하다는 듯 말했다.

"그야 화룡제는 무투 대회 아니겠소? 서로를 봐주면서 대련에 임할 수는 없는 것이오."

"하지만 그래도… 진검을 가지고 대련을 하다니요!"

소윤이 눈을 가린 이유가 바로 그것이다. 날이 시퍼렇게 서 있는 진검이 서로를 베기 위해 현란하게 허공을 갈랐고, 매섭게 찔러 들어갔다. 그럴 때마다 소윤이 깜짝 놀라며 몸을 움찔댔는데, 마치 그녀가 검에 베이거나 찔리는 것 같았다.

"걱정 마시오. 저래 보여도 수년간 혹은 십여년이 넘도록 검을 쥐었던 자들이오. 당연히 자연스레 멈춰야 할 때

138

를 알고 있고, 그들의 옆에 항상 붙어 있는 심판 역시 괜히 있는 것이 아니니, 그리 겁먹을 필요 없소."

"그… 그런가요?"

무명의 말에 소윤이 드디어 얼굴에서 손을 뗐다. 하지만, 곧 들려오는 살벌한 소리에 소윤의 얼굴이 창백해졌다.

"크윽!"

화룡제에 나선 무인이 오른팔을 부여잡으며 뒤로 물러섰다. 미처 피하지 못한 검이 그의 오른팔을 벤 것이다.

"졌습니다. 사형."

"수고했네, 사제."

피를 흘리면서도 고개를 숙인 무인을 향해 그의 사형이 마주 고개를 숙이며 답했다. 모두가 화산파의 제자이고 사제지간으로 묶여 있는 자들이라 승부엔 상관없이 서로를 격려했다.

그 모습을 지켜보던 무명이 고개를 팔짱을 낀 채 끄덕이며 만족스러운 듯 말했다.

"역시 대 문파다운 대련이었군. 그렇지 않소?"

놀라운 수준의 대련에 만족한 무명이 소윤을 향해 물었지만, 소윤은 아무 말이 없었다. 무명이 궁금하여 소윤을 바라보니 소윤은 몸을 덜덜 떨며 고개를 숙이고 있었다.

"괘, 괜찮소? 팔을 베이긴 했지만, 그리 심하게 베인건 아니오."

누군가 다치는 모습을 보지 못하는 걸까. 의외로 약한 모습을 보이는 소윤에게 무명이 걱정스레 말했지만, 소윤은 여전히 말없이 몸을 떨었다.

상황이 좋지 않음을 눈치챈 무명이 소윤의 어깨를 부드럽게 감쌌다. 그러자 소윤이 고개를 살짝 들어올렸다.

무명은 마주한 소윤의 얼굴을 보며 인상을 굳혔다. 소윤의 눈에는 공포가 가득했고, 작은 눈물방울이 맺혀 있었다. 그런 소윤의 모습에 무명이 부드럽게 미소 지으며 말했다.

"화룡제에는 화산파 제자들의 수준 높은 대련도 인기지만, 이름 있는 화산파의 숙수들이 만든 음식도 꽤나 유명하오. 배도 출출하니, 맛이나 보러 가겠소?"

나근하게 말해오는 무명의 말에 소윤이 작게 고개를 끄덕이자 무명이 소윤을 데리고 관람석을 빠져나갔다. 멀리서 이 모습을 보던 추미혜가 못마땅한 표정으로 그 둘을 바라봤다.

"흠? 쟤는 또 왜 저러는 거야?"

"아무래도 화룡제의 무인이 다치자 놀란 모양이군요."

단명의 말에 추미혜가 고개를 갸웃했다.

"소윤 쟤가 놀랐다고?"

비록 평소에 추미혜에게 약간 약한 모습을 보이는 소윤이었지만, 그것은 어디까지나 추미혜에게 해당되는 모습이었다. 여자답지 않게 호방한 모습을 보이던 소윤이 의외로 약한 모습을 보이자 추미혜가 이해가 안 간다는 듯 고개를 갸웃했다.

* * *

연무장에서 빠져나오자 어느 정도 진정이 된 소윤이 자신의 손목을 잡아 이끌던 무명의 오른손에 살며시 자신의 왼손을 포개며 말했다.

"이제 괜찮아요."

괜찮다는 소윤의 말에 무명이 잡은 손을 놓아주며 고개를 돌렸다.

"괜찮소?"

"네… 아. 미안해요. 비싼 값을 치르고 들어왔는데, 저 때문에……."

"어차피 별 관심 없는 축제였소, 그나저나 의외요 소윤이 그런 모습을 보일 줄이야."

"사실… 제가 피를 무서워해요."

그 말에 무명이 이해가 간다는 듯 고개를 끄덕였다. 그제야 화룡제를 관람하다 진검대련이라는 사실을 깨닫고 사색이 된 소윤의 모습이 이해가 되었다.

"저번 소은찬의 연회에서는 자객들의 등장에도 아무렇지 않더니 피는 무서운 것이요?"

"그때야 철패도라 불리는 막여님도 있었고, 당신도… 있었잖아요."

비록 못미더운 모습을 많이도 보여줬지만, 무명이 곁에

있었기 때문일까. 지금 와 생각해보니 흑의인의 등장에 소윤은 그리 놀라지 않았던 자신을 떠올릴 수 있었다.

게다가 피를 보고도 기절하지 않은 자신의 모습에 조금 놀라기도 했다. 원래라면 흑의인들이 등장할 때나 무인의 팔에서 솟구치는 피를 본다면 기절했어야 정상이었다. 헌데, 그러지 않았다.

"아무튼, 신수운의 차례가 곧이지만 이대로는 보기 힘들 테니 그냥 결과만 확인하는 것이 어떻소?"

"아니에요. 보러 가요."

"괜찮겠소?"

"네. 괜찮을 것 같아요."

기절하지 않은 자신에 대한 자신감이 조금 붙었는지 소윤이 고개를 끄덕이며 말했다. 무명은 그런 소윤이 조금 걱정되었다. 그러나 떨리지만 자신감 있게 말하는 소윤을 더는 말리지 못하고 다시 화룡제를 관람하러 돌아갔다.

"히익……!"

소윤의 고개가 뒤로 꺾였다. 놀라기는 무명도 마찬가지였다. 설마 기절할 줄은 몰랐던 소윤이 고개를 뒤로 젖히며 혼절해버린 것이다.

전번보다 훨씬 더 많이 흘러나온 붉은 선혈을 바라보던 무명이 기절한 소윤의 머리를 부드럽게 쓰다듬으며 얼굴을 굳혔다.

붉은 피와 소윤.

달갑지 않은 조합이었다.

"데려오는 게 아니었는데……."

씁쓸하게 중얼거린 무명이 소윤의 머리를 자신의 허벅지에 눕혔다.

혼절해버린 소윤을 뒤로한 채 덤덤히 화룡제를 관람하던 무명은 예전보다 뛰어난 실력을 뽐내는 매화수들의 검술에 탄성을 자아냈다.

"어린 무인들의 수준이 날이 갈수록 높아만 가는군."

"그런가요?"

낭랑하면서도 고운 목소리에 무명이 고개를 돌리자 그곳엔 어느새 추미혜가 단명과 함께 다가오는 모습이 보였다.

"양소윤은?"

무명의 무릎에 누워 있는 소윤을 보며 추미혜가 묻자 무명이 소윤의 얼굴을 덮은 머리카락을 가볍게 들어올리며 말했다.

"피곤했던 모양이오."

"아아… 그보다 제가 예의 없게도 소협의 존함을 듣지 못했네요."

"무명입니다."

소윤의 호위무사라는 걸 알면서도 추미혜가 공손히 물어오자 무명 역시 고개를 살짝 숙이며 답했다. 단명은 추미혜의 옆에 앉아 화룡제를 관람했는데, 그 역시 무인인지라 화룡제에 나온 화산파의 무인들의 화려한 검술을 유심히 견식하고 있었다.

"무 소협은 어쩌다 양소윤의 호위무사가 되었나요?"

"힘든 시기에 소윤의 도움을 받아서, 그녀를 돕게 되었소."

"아아……."

알겠다는 듯 고개를 끄덕이면서도 추미혜는 무명을 위아래로 살짝 살펴보았다. 분명 소은찬의 연회에서 봤을 때는 비쩍 말라 볼품없이 생겼던 걸로 기억한다. 그러나 지금은 반토막 남은 검이 거추장스럽게 허리춤에 걸려 있는 것을 제외하고는 전체적으로 깔끔했고, 살집이 붙어 그의 덩치가 모두 드러나 있었다. 떡 벌어진 어깨와 탄탄한 몸이 든든해 보였다.

"무 소협은 원래 무슨 일을 하셨는지… 실례가 안 된다면 여쭤도 될까요?"

탄탄한 그의 몸을 보던 추미혜가 조심스레 묻자 무명이 잠시 망설이다 입을 열었다.

"낭인이오."

"낭인이요? 낭인이라면… 의뢰비를 받고 의뢰를 수행하는 사람?"

"맞소."

무심하게 들려오는 그의 말에 추미혜가 고개를 끄덕이며 무명에게서 시선을 뗐다. 탄탄한 몸과 듬직한 어깨, 그리고 어딘지 모르게 느껴지는 날카로움에 혹시나 했지만, 낭인이라는 말에 관심을 그만두었다. 강자에게만 관심을 주는 추미혜의 입장에서 본 무명의 출신은 보잘것없었기 때문이다.

그녀의 시선이 거두어지는 것을 보며 무명이 내심 안도의 한숨을 내쉬었다. 그녀의 관심이 부담스럽기도 했고, 소윤의 원수였기 때문에 별로 달갑지 않은 상대였다.

그리고 얼마 안 가 관람객들의 환호성이 들려왔다.

환호성에 무명이 고개를 돌려보니 잘생긴 미남자가 붉은 홍매화가 수놓아진 화산파의 무복을 입고 연무장에 오르고 있었다. 신수운. 소윤이 그렇게 보고 싶어 하던 그가 연무장에 오른 것이다.

무명이 시선을 내려 소윤을 내려다보았다. 이곳에 온 목적이자 그녀가 만나고 싶어 했던 자의 등장이니만큼 그녀를 깨우기 위해서였다.

"흠……."

소윤을 깨우기 위해 손을 내리던 무명이 소윤의 어깨에 닿는 순간 멈췄다. 피를 보는 순간 기절해버린 소윤.

만약 신수운의 대련에서도 피가 보인다면? 또다시 혼절할 게 분명했다. 깨워야 할지 말아야 할지 갈등하던 중 무명은 고개를 저으며 소윤의 어깨를 부드럽게 쓰다듬었다.

"계속 자는게 낫겠지."

깨우는 걸 포기한 무명은 구령과 함께 시작된 신수운의 대련을 지켜보았다.

절도 있고, 빠르며, 강렬했다. 화산파의 검법에는 변초와 허초가 많았다. 허공에 붉은 검기로 만들어진 수많은 매화가 이를 증명하고 있었다. 신수운은 과연 대단한 실력자였다.

초식의 흐름은 물이 흐르듯 자연스러웠고, 상황에 맞춰 변화하는 검법과 신법은 현란하면서도 군더더기 없었다.

과연, 소문은 헛되게 아님을 증명하듯 대단한 실력의 신수운을 보며 무명이 고개를 끄덕였다.

'저 정도라면 소윤도 만족하겠지.'

무명의 눈에 보이는 화려하고 대단한 검술을 뽐내는 신수운의 모습은 그저 소윤의 신랑감으로 적합한지에 대한 척도가 될 뿐이었다.

"어때?"

"대단한 실력자군요. 과연 차기 화산검으로 불릴 만합니다."

"호오……."

무명이 고개가 신속하게 추미혜 쪽으로 돌아갔다. '호오'라 내뱉는 추미혜의 말 속에서 강렬한 호감이 느껴졌기 때문이다. 소윤의 강력한 경쟁자의 등장에 무명의 표정이 절로 굳어졌다.

세련된 옷차림과 곱고 하얀 피부, 뛰어난 외모 그리고 그것들을 모두 뒷받침해주는 거대한 뒷배경. 가히 여인으로써 가질 모든 것을 가졌다 해도 무방한 추미혜.

조그마한 양가장과 세련되지 않은 옷차림, 예쁘긴 하지만 잘 꾸미지 못하는 소윤은 추미혜의 상대가 되지 못했다.

"아직 혼인을 하지 않았다고 했던가?"

추미혜의 질문에 단명이 고개를 끄덕이며 답했다.

"예. 어렸을 때부터 지금까지 무공 수련에만 열중했을 뿐, 따로 여인을 둔 적도 여인에게 관심을 둔 적도 없다 합니다."

그의 말에 무명이 추미혜와 같이 고개를 끄덕였다. 추미혜는 자신의 옆에서 함께 고개를 끄덕이는 무명의 모습이 조금 의아했지만, 그러려니 하고 넘어갔다.

"혹시 여인에게 관심이 없는 게 아닐까……?"

추미혜의 조심스러운 물음에 무명이 추미혜와 함께 단명을 바라봤다. 추미혜는 그렇다 쳐도 그녀와 같이 불안한 눈빛을 띄는 무명의 모습이 의아했지만 단명은 마음을 추스르며 말했다.

"그건 아닌 것 같습니다. 단지 아무래도 화산제일검을 목표로 하고 있는 만큼 무공에만 전념하고 싶었던 것 같습니다."

"으음."

"음!"

추미혜와 단명의 시선이 무명에게로 향했다. 동시에 돌아보는 추미혜와 단명의 뜨거운 시선에 무명이 헛기침을 하며 연무장을 바라봤다.

"신수운이 아무래도 승기를 잡은 것 같군요."

무명은 급히 화제를 돌렸다. 그의 말대로 길게 이어지던 대련은 신수운의 승리로 끝이 났다. 매서운 신수운의 검에 쓰러진 이는 손을 내밀어 오는 신수운의 손을 맞잡고 자리에 일어섰다.

"내가 화산에 몸담았던 시간이 결코 적지 않은데 사제는 어느새 나보다 멀찍이 가버렸군 그래……."

자리에 일어선 이가 한탄과 존경이 함께 담긴 목소리로 말하자 신수운이 고개를 저으며 말했다.

"아닙니다. 제가 더 운이 좋았을 뿐이지요."

"운도 곧 실력이라는 말 모르나? 아무튼 축하하네. 꼭 화룡기재가 되기 바라네."

"감사합니다."

공손히 인사를 마치며 내려오는 신수운을 보며 무명이 속으로 만족감을 느끼며 훈훈한 눈빛으로 신수운을 바라봤다.

연무장을 내려가 대기실로 향하는 신수운을 보던 무명의 시선이 한 노인에게로 향했다. 어디선가 많이 본 얼굴. 눈매를 좁히며 노인을 바라보던 무명이 급히 고개를 숙였다.

'저… 저 노인네가 왜 여기에!'

숨을 참으며 고개를 숙인 무명이 자연스럽게 자리에 일어서려 했지만, 소윤이 누워 있어 움직일 수가 없었다. 그리고 그때 노인 역시 무명을 발견했는지 무명을 바라보다 놀란 낯빛으로 자리에서 일어섰다. 노인이 자리에서 일어선 것을 확인한 무명이 소윤을 살며시 그리고 조심히 들어

올렸다.

"소인은 이만 가보겠소. 즐거운 관람되시기를 바라오."

"아, 예."

떠난다는 무명을 보며 추미혜가 살짝 고개를 숙이며 말했고, 단명 역시 고개를 살짝 숙이며 말없이 인사했다. 소윤을 들어 등에 업은 무명이 빠르고 신속하게 관람석을 빠져나가기 시작했다.

아직 화룡제의 대련이 많이 남았지만, 그의 목적은 어디까지나 신수운을 보는 것. 신수운의 대련은 끝이 났으니 더 이상 화룡제를 볼 필요나 이유는 없었다.

무명은 신속하게 관람석을 빠져나와 객잔으로 향하기 위해 부단하게 움직였다.

부지런히 움직인 덕에 빠르게 화산파의 정문에 도착한 무명이 화산파를 빠져나가려 할 때, 맑고 청량한 목소리가 들려왔다.

"어딜 그렇게 부지런히 가는 게냐?"

정문을 열고 나가려던 무명의 신형이 우뚝 멈추어 섰다.

"하하… 오랜만이오."

무명이 머쓱하게 웃으며 고개를 돌렸다. 그곳에는 하얀 백발의 노인이 무명을 바라보며 웃고 있었다.

"자네와 나는 나눌 얘기가 많을 텐데… 이리도 급하게 가버리면, 이 홀로 남은 늙은이가 얼마나 외롭겠는가?"

"그러게 말입니다. 하하… 하지만 지금은 제가 조금 바빠서."

"어허! 이제는 그곳에 속하지 않은 몸일 텐데 뭐가 그리
바쁘단 말인가?"

노인의 말에 무명이 뜨끔하며 눈알을 이리저리 굴렸다.

"생각이 많아지면 눈은 자연스레 빨라지는 법이지 살날
이 얼마 남지 않은 이 늙은이와 차 한잔 나누지 않겠나?"

"알겠…습니다."

내키지 않았지만, 무명은 할 수 없이 고개를 끄덕였다.
감히 도망칠 수 없는 남자. 분홍빛의 무복을 입고 있는 노
인. 겉으로 봤을 때는 그저 힘없는 노인인지라 누구도 눈
여겨보는 이 없었지만 무명은 그 노인이 누구인지 잘 알고
있었다.

'이래서 화산파에 오지 않으려 했건만… 설마 화룡제를
구경하러 왔을 줄이야…….'

무명이 천천히 노인에게 다가갔다. 노인보다 훨씬 큰 무
명이 그를 내려다보았지만, 무명은 절로 그 앞에서 자신이
작아짐을 느꼈다.

작은 몸집에서 느껴지는 태산의 기운.

화산의 본신(本身)이라 할 수 있는 자.

화산검(華山劍) 유중혁(流衆赫).

그가 지금 무명의 앞에 서 있었다.

악몽

　해는 뉘엿뉘엿 저물고 달이 차올랐다. 밝은 보름달의 달빛이 창가를 넘어와 찻잔을 손에 든 사내와 노인을 비추었다.

　"자네가 같은 자는 처음이었지."

　노인, 유중혁의 말에 무명이 쑥스러운 듯 고개를 숙였다. 유중혁을 따라 온 곳은 화산파의 외곽에 위치한 별채였다.

　매화나무 사이에 숨겨져 눈에 잘 띄지 않는 별채인지라 잘 보고 살피지 않으면 그곳에 별채가 있는 것조차 알지 못할 정도였다.

　"하하. 아닙니다."

무명이 고개를 저었다. 하지만 유중혁은 말을 멈추지 않고 말했다.

"내 이 나이가 되도록 많은 삶을 살았을 만큼 많은 이들을 만나고 겪어봤지만, 자네와 같은 자는 본 적이 없었어."

차를 마시며 목을 축이던 무명은 고개를 끄덕였다. 자신 또한 유중혁의 말에 동감했다. 아마 어떤 이도 유중혁에게 그런 인상과 모습을 보여준 적이 없었을 것이다.

유중혁도 이를 알고 있는지 차를 마신 뒤 미소 지었다.

"그래. 단신으로 나를 찾아 왔던게 엊그제 같은데 벌써 오랜 시간이 흘렀군."

"오랜만입니다."

훈훈한 미소를 지으며 분위기를 따스하게 만들려는 무명을 향해 유중혁이 고개를 저었다.

"새파랗게 어린놈이 검 한 자루 들고 나를 암살하러 왔다 했을 때 나는 자네가 내게 거짓말을 하는 줄만 알았어."

그때를 회상하고 있는 듯 유중혁의 눈빛이 아련하게 물들었다. 무명은 여전히 쑥스러운 듯 머리를 긁적거렸다.

"그래서, 이제 그곳엔 손을 뗀거냐?"

회상을 멈춘 유중혁이 무명을 향해 물었다. 그는 찻잔을 입 안쪽으로 털며 남은 한 방울마저 미련 없이 삼켰다.

"이젠 손을 놨습니다."

"저 여인 때문이냐?"

유중혁의 시선이 별채의 한쪽 구석에서 평온하게 잠을 자는 소윤에게로 향했다. 무명은 그건 아니라는 듯 고개를 저었다.

"아닙니다. 손을 뗀 후에 만난 여인입니다."

"사랑하는 여인이냐?"

"아닙니다. 단지 연이 닿아 잠시 같이 있는 것뿐. 그런 감정을 가진게 아닙니다. 그리고 알고 계시지 않습니까? 제가 누군가를 만나… 인연을 맺을 만한 사람이 아니라는 것을……."

말끝을 흐리던 무명의 시선이 소윤에게 닿았다. 평온한 얼굴을 한 채 누워 있는 소윤이 곧 인상을 쓰기 시작했다. 뭔가 악몽을 꾸는 걸까. 뒤척이기 시작하는 소윤의 모습에 무명이 자리에 일어섰다.

바짝 다가서서 바라본 소윤은 식은땀을 흘리고 있었다. 알아들을 수 없는 말을 혼자 중얼거리며 인상을 쓰고 있는 소윤. 그런 소윤을 바라보던 무명이 자리에 앉아 이불 밖으로 삐죽 나와 있는 소윤의 손을 잡아주었다.

말없이 일어나 악몽을 꾸는 소윤의 손을 잡아주는 무명을 복잡한 눈으로 바라보던 유중혁이 찻잔을 기울였다. 곧 그의 의식은 10년 전으로 흘러갔다.

화산검 유중혁.
감히 무림에서 대적할 자가 없다고 알려진 검사들 중 한명이었다.

그의 나이는 칠십세를 훌쩍 넘겨 검고 건강하던 그의 흑발머리는 어느새 하얀 백발로 변해 있었고, 근육으로 가득하던 두 팔과 다리는 가늘어졌다.

얼굴에는 세월의 풍파에 못이긴 주름살들이 자글자글 생겨났고, 꼿꼿하던 그의 허리는 점점 기울기 시작했다.

하지만 그의 검은 세월의 흐름 속에서도 점점 견고해졌고, 날카로워졌다. 그가 화산검이란 칭호를 갖게 된 순간, 그는 더 이상 검을 들지 않았다.

검(劒)의 의미가 사라졌기 때문이다. 유중혁은 화경에 접어드는 순간 자신의 검을 당시 화산파 장문인이었던 장사문에게 넘겨주었고 은거에 들어갔다. 무림은 평화로웠고, 검의 극을 맛보았다.

더 이상 속세에 미련을 둘 필요도 없었으며, 가진 인연은 세월이란 파도 속에 흩어진지 오래였다.

그렇게… 화산검이 되는 순간, 그는 세상과 등을 돌려 홀로 섰다.

그러던 어느 날 유중혁에게 젊은 사내가 찾아왔다. 검 한 자루를 손에 꼬나 쥐고 귀찮은 듯한 눈으로 유중혁을 마주한 사내의 검은 무복은 때투성이였다. 그는 유중혁을 보며 검을 가지고 있냐 물었다.

유중혁은 고개를 저으며 더 이상 검을 지니고 있지 않다고 말했다. 그러자 그는 인상을 썼다. '그럼 늙은 노인이 검도 없단 말이야?'라는 건방진 말을 내뱉더니 애꿎은 땅을 발로 찼다.

"검도 없는 늙은이를 뭐에 쓴담. 그럼 일보쇼."

참으로 황당하기 그지없는 언사였다. 하지만 이미 화경에 접어들며 마음의 깨달음을 얻은 유중혁은 젊은이의 무례함에도 분노하지 않았다. 단지 강렬한 호기심을 느꼈다.

"왜 내게 검을 찾는 게냐?"

유중혁이 묻자 그자는 고개를 저으며 말했다.

"검을 찾는 것이 아니오. 검을 들고 있는 당신을 찾는 거지."

"검은 내게 더 이상 의미가 없는 것이지. 그런데 왜 검을 든 나를 찾는 거지?"

그는 당연하다는 듯 말했다.

"그야, 죽이려고."

철없는 젊은이의 혈기일까. 그는 지나가는 투로 가볍게 말했다. 그 말의 무게가 어찌 되었든 상관없다는 듯 보였다. 분노해도 당연할 만한 상황에서도 유중혁은 미소를 잃지 않고 말했다.

"예까지 왔으니 한번 놀아보겠느냐?"

평소라면 하지 않았을 말이었지만, 오랜 세월을 고독하게 보낸 탓일까. 아니면 유흥거리가 필요했던 걸까. 유중혁은 자신을 찾아온 사내를 이리 보내기 싫었다. 그렇기에 어울려보자 말한 것이다.

그러나 사내는 인상을 쓰며 말했다.

"됐소. 검도 없는 늙은이를 뭣하러……."

말을 마친 사내가 내려가려 하자 유중혁이 급히 그의 앞을 막아섰다.

"사람을 이리 쉽게 죽이려는 자를 화산파로 내려보낼 수 없지 않겠느냐. 명색이 화산의 제일 큰 어른인데 말이다."

하지 않았을 행동이었다. 고독이 만들어낸 변덕일까, 사람이 그리웠던 탓일까. 노인은 그리 말했다. 사내는 짜증이 났는지 검을 유중혁에게 겨누었다.

"진짜 죽고 싶소?"

"할 수 있겠느냐?"

"후회하지 마시오."

유중혁은 싱글대며 웃었다. 사내의 모습이 귀여워 보였다. 젊은 시절의 자신을 보는 듯했다.

하지만 곧 그는 생각보단 몸을 움직여야 했다.

빠르게 몸을 휘저으며 검을 피하던 유중혁은 예상보다 사내의 검이 날카로움을 깨닫고는 마음속으로 작게 탄성을 내질렀다.

매서웠다. 별다른 검법이 있는 것 같진 않지만, 그의 공격은 항상 사점(死点)을 노렸다.

살수의 검술이었다.

"살수더냐?"

유중혁의 말에 사내가 고개를 끄덕였다.

"안 그러면 왜 왔겠소?"

"하하!"

감았던 눈을 뜬 유중혁의 앞에는 사내가 앉아 있었다. 이제는 무명이라 불리는 자. 그는 걱정스러운 표정을 가득 담아 여인을 내려다보고 있었다. 어떤 계기가 그를 그곳에서 벗어나게 했는지, 왜 반토막 난 검을 들고 다니며 여인을 호위하는지 알 수 없었지만, 유중혁에게 무명은 특별한 존재였다.

자신을 단신으로 암살하려한 유일한 자였고.

살수였지만 정당한 승부만을 원했고.

살수였지만 누구보다 순수한 눈을 가진 자였다.

비어버린 찻잔을 매만지던 유중혁이 조용히 자리에 일어나 별채를 떠났다.

* * *

피, 선혈, 붉은 빛.

맹세컨대 두손을 떨고 있는 소녀는 단 한번도 이 정도 양의 피를 본적이 없었다.

물론, 살면서 피를 단 한번도 본적이 없는 것은 아니었다. 손에 베이거나 자리에 넘어져 피를 흘린 적도 있었고 죽은 동물의 피를 본적도 없었다.

하지만 온몸을 적실 정도의 피는 처음이었다. 이는 사람의 피였으며, 그녀의 부모가 지니고 있던 피였다.

"아… 아…….."

떨리는 손길로 아직 따스한 온기를 지닌 중년의 남자와 여인을 어루만졌다. 밝은 빛을 내는 보름달 아래에서 소녀의 두 부모는 목숨을 잃었다.

"꼬마는 어쩌지?"

"죽여. 후환을 남겨봤자 좋을거 없잖아?"

검은 옷의 사내들이 다가왔다. 하지만 소녀는 그들을 보지 않았다. 두려웠다. 그들의 두눈을 마주하기가 너무 두려웠다.

스릉!

검이 뽑히는 소리가 들려왔다. 필시 저 검으로 중년의 남자와 여인을 죽였을 것이다.

소녀는 몸을 떨었다. 하지만 두려웠던 마음은 점점 편해졌다. 어쩌면 이제 눈을 감으면 부모를 만날 수 있지 않을까 하는 생각이 두려움을 없애고 모든걸 체념하게 했다. 그리고 눈을 감았다.

"그만해."

"뭐?"

젊은 사내의 목소리에 소녀가 눈을 떴다. 그 사내는 소녀의 앞에 서며 말했다.

"목표는 이 꼬마의 부모였잖아. 목표 외의 살생은 무의미해."

"비켜. 후환을 남기지 않는게 우리 철칙이야."

"후환? 이 꼬마 여자애가? 무슨 힘으로 우리 …을 건드리겠어?"

"난 비키라고 말했다."

남자가 거칠게 말했다. 화가 난 모양이었다. 그러자 소녀의 앞에선 사내가 허리춤의 검에 손을 올렸다.

"내게… 명령하는 건가?"

싸늘하기 그지없는 젊은 사내의 말에 소녀를 죽이려던 남자는 이가 부서져라 부드득대더니 검을 도로 집어넣었다.

"만약 저 계집애 때문에 문제가 생기면 넌 내 손에 죽는다."

검은 흑의인들이 사라졌다. 소녀를 구해준 사내는 말없이 여인을 내려다보았다. 그는 소녀에게 무슨 말을 해주려는 듯 입을 열었지만, 곧 다시 입을 다물고는 사라졌다.

사내가 사라지자 남은 이는 소녀뿐이었다. 작은 손, 작은 몸집 어느것 하나 크지 못한 작은 작은 여아.

그녀의 시선은 싸늘히 식어가는 두명의 남녀 한쌍을 바라봤다. 피가 쉴 새 없이 흐르며 그녀의 발아래로 고이기 시작했다. 고인 핏물이 점점 그녀의 짤막한 다리를 타고 올라와 그녀의 몸을 감쌌다. 두렵지만 떨칠 수 없는, 말로 형언할 수없는 더러운 기분.

하지만 그녀가 할 수 있는 일은 두눈을 치켜뜨고 제 몸을 타고 흐르는 핏물을 애써 외면하며 하늘을 바라보는 것뿐이었다.

"아……!"

* * *

"아!"

단말마의 비명을 지르며 소윤이 눈을 번쩍 떴다. 사방은 어둠으로 가득했고, 커다란 창가 너머로는 휘황찬란한 빛을 내는 보름달이 보였다. 어딘가 익숙한 달의 모습에 소윤의 몸에 소름이 돋았다. 몸은 뻣뻣해지고 눈에는 붉은 빛이 가득 맴돌았다.

덥석—

자신의 손을 잡아오는 따스한 손길에 소윤이 고개를 돌렸다. 그곳에는 익숙한 얼굴의 사내가 그녀를 내려다보고 있었다.

"괜찮소?"

덤덤하지만 걱정스럽게 물어오는 무명의 말에 소윤이 작은 숨을 내쉬며 미소 지었다.

악몽을 꾼 탓에 쉴 새 없이 뛰던 심장이 조금은 진정이 되었다.

이유는 악몽에서 깨어난 탓인지 자신의 곁에 앉아 있는 사내 때문인지는 알 길이 없었지만, 아무렴 상관없었다.

"덕분에요."

지금 이 순간, 소녀는 혼자가 아니었다.

* * *

"왜! 왜! 왜! 왜!"

집요한 소윤의 물음에도 무명은 여전히 얼굴을 굳힌 채 빠르게 걸었다. 하지만 소윤은 무명에 비해 턱없이 짧은 다리를 빠르게 놀려 그를 따라잡았다.

"왜!"

"분명 다시 일어났어도 기절했을 게 뻔하오. 그러니 그냥 자게 내버려둔 것이오."

"하지만 내 미래의 남편이 될지도 모르는 사람인데 잘 봐줘야죠!"

"내가 봤으니 됐소. 훌륭한 무인이었소."

팔짱을 낀 채 불만스러운 표정을 짓고 있는 소윤을 향해 무명이 검지를 치켜세웠다.

"어차피 아직 경기가 남았으니, 그것을 보면 될것 아니오?"

"휴. 알았어요."

아직 화룡제는 끝나지 않았고, 신수운의 경기는 남아 있었다. 들려오는 얘기들을 들어보면 신수운은 현재 가장 강력한 우승 후보였다. 그리고 그 다음으로 손꼽히고 있는 자가 담명이라는 자였다.

담명이라는 자 역시 화산파에서도 유명한 무인 중 한명이었다. 무공 실력은 물론이요, 학문에도 성취가 깊다고 알려진 자였다.

"혹시 담명이라는 자에 대해 들어보셨소?"

무명의 물음에 소윤이 눈을 끔벅이며 고개를 저었다.

"아뇨, 유명한 사람인가요?"

"신수운과 함께 우승 후보로 알려져 있는 자요. 항상 책을 가까이하는 자라고 하오. 낮에는 무공 수련을, 밤에는 책을 읽는다고 알려져 있소."

"오… 무인들은 무식하다는 편견을 깼군요?"

들려오는 소윤의 말에 무명이 인상을 찌푸리며 소윤을 내려다보았다.

"무인이 무식하다니? 무인이란 말이오, 무(武)와 심(心)에 대한 심도 있는 고찰과 법(法)에 대한 진득한 이해 그리고 이 모든걸 통해 깨달음을 이룬 자들이 바로 무인이오. 헌데 무식하다니?"

장황하게 무인에 대한 이야기를 늘어놓는 무명을 뒤로한 채 소윤이 앞으로 쭈욱 나아가기 시작했다. 화산파의 절경은 아름답기로 소문이 날 만큼 형형색색의 아름다움

164

을 한껏 뽐내고 있었다. 소윤은 화산파의 거대한 위용과 아름다운 꽃나무들에 취해 눈을 반짝이며 주변을 둘러보기 시작했다.

"윽!"

정신없이 주변을 둘러보던 소윤은 갑자기 뒤에서 느껴진 충격에 앞으로 넘어졌다. 다행히 황급히 손을 뻗어 크게 넘어지진 않았지만, 바닥에 긁힌 치마에 상처가 생겼다.

아끼는 치마가 찢겨지자 울상을 지은 소윤이 뒤를 돌아보았다.

"뭐야!?"

뒤에는 붉은 화산파 무복을 입은 여인이 못마땅한 표정으로 소윤을 내려다보고 있었다.

"잘 보고 있어야지 어디에 정신을 놓고 있었기에 멍하니 서 있는 거야!"

분명 뒤에서 친건 화산파의 여인이었지만, 도리어 화를 내자 소윤이 자리에 일어서 외쳤다.

"뒤에서 친건 그쪽인데 왜 나에게 성질을 내는 거예요?"

기죽고 아무 말도 하지 못할 거라 생각했던 소윤이 자리에 일어나 꾸짖자 화산파 여인의 표정이 미묘하게 뒤틀렸다.

"내가 누군지 알고!"

"니가 누군데!"

반말을 하는 여인의 모습에 화난 소윤 역시 지지 않고 반말로 쏘아붙이자 여인이 빠르게 소윤에게 다가왔다.

"이년이!"

여인의 손이 빠르게 허리춤에 달려 있는 검의 손잡이로 향했다. 소윤은 여인이 검에 손을 가져다 대는 모습을 보고 깜짝 놀랐다. 화가나 자세히 보지 못했는데, 이제와 보니 그녀는 화산파의 무인이었던 것이다. 하지만 소윤은 걱정하지 않았다. 설마 화산파의 무인이라도 죄 없는 사람을 죽이기야 하겠냐는 믿음 때문이다.

"네년의 팔 한짝은 잘라야 속이 풀리겠구나!"

"음!?"

전혀 예상치 못한 반응에 소윤이 얼굴이 창백해졌다. 설마 죽이지 않고 팔을 잘라낸다 할 줄이야. 그리고 안타깝게도 그녀는 자신이 내뱉은 말을 꼭 지킬 줄 아는 여인이었다.

진짜로 검이 뽑혀 나오기 시작했다.

스르릉―!

살벌한 소음을 내며 검이 뽑혀 나오자 소윤은 온몸의 털이 삐쭉 곤두서는 것을 느꼈다. 공포였다.

스릉!

화산파 무인의 검이 완전히 뽑혀 나왔다.

"꺄악!

캉―! 캉!

두개의 검이 소윤과 무인의 사이에서 교차되며 맞부딪쳤

다. 하나는 길고 유려하게 뻗은 화산파 특유의 문양이 들어간 아름다운 검이었고, 하나는 반토막 난 짤막한 검이었다.

소윤은 자신의 뒤에서 나타난 짤막한 검과 자신의 앞에 나타난 길고 유려한 검의 주인을 번갈아봤다.

한명은 붉은 무복을 입은 미공자였고, 다른 한명은 소윤도 잘 알고 있는 남자였다.

"무⋯명?"

"괜찮소?"

"오라버니?"

"괜찮아?"

화산파 무인의 뒤에 나타난 이는 신수운이었고, 소윤의 뒤에서 나타난 이는 무명이었다. 무명은 여자가 검을 뽑는 모습을 보고 소윤을 지키기 위해 나타났고, 신수운은 무명이 검을 뽑는 모습을 보고 검을 뽑아 무명을 막은 것이다.

"이게 무슨 짓이오?"

다소 격양된 듯한 신수운의 물음에 무명이 소윤을 보며 말했다.

"나는 이 여인의 호위무사요. 헌데 그쪽 사람이 소윤에게 검을 뽑았으니 나는 이를 막으려 한 것이오."

신수운이 동생을 내려다보았다.

"영아. 왜 검을 뽑은 것이냐."

"그, 그게⋯⋯."

신영은 현재 이 상황이 난처했다. 겁이나 줄 요량으로 검을 뽑았던 것인데, 하필이면 공과 사, 질서와 도덕에 관해선 딱딱하기 그지없는 신수운과 만난 것이다. 어물쩍 넘어갈 수 있는 상대도 아닐 뿐더러 검을 뽑게 된 경위가 너무 가벼웠다.

"이, 이 여인이 화산파를 욕보였어!"

신영이 급히 소윤을 향해 손짓하며 외쳤다. 그러자 소윤이 얼굴을 찡그리며 말했다.

"욕보였다니! 내가 언제! 가만히 서 있는 나를 뒤에서 밀쳐놓고선!"

성난 목소리로 소윤이 외치자 신영이 비 맞은 고양이처럼 처량한 표정으로 신수운을 올려다보며 말했다.

"영이는 잘못 없어요. 단지, 저 여인이 화산파를 욕보여서 더 이상 본 파를 욕보이지 말라는 경고의 의미에서 검을 뽑은 거예요."

처연한 표정의 신영을 보며 신수운이 난처한 표정을 지어보이자 무명이 소윤의 어깨를 잡고 그녀를 이끌었다.

"서로에게 오해가 있는 듯한데, 이쯤에서 끝내도록 하죠."

무명에 제안에 신수운이 고개를 끄덕였다.

"그렇게 하는게 좋겠군요. 그럼."

신수운이 급히 신영을 데리고 사라지자 소윤이 신형을 돌려 못마땅한 표정으로 무명을 올려다봤다.

"아니, 먼저 시비를 건것도 저쪽이고, 검을 뽑으려 한것도 저쪽인데 오해라뇨. 나는 사과를 받아야 하는 입장인데!"

따져오는 소윤의 말을 무시한 채 무명이 신형을 숙여 그녀의 무릎을 바라봤다.

"피가 나고 있소."

부욱―!

품에 지니고 있던 하얀 천을 꺼낸 무명이 천을 찢어내어 소윤의 무릎에 난 피를 닦았다.

"일단, 상처부터 치료하는 게 좋겠소, 덧날지도 모르니."

"아, 알겠어요."

소윤의 화가 조금 누그러지자 무명이 멀어져가는 신수운의 뒤를 바라보며 말했다.

"방금 본 미공자는 신수운이오. 그와의 미래를 생각하면 지금 그와 다툴 수 없지 않겠소?"

"아? 신, 신수운이요?"

"그렇소. 소윤은 자느라 못 봤겠지만. 신수운이 맞소."

"그럼 방금 그 계집애가 신수운의 동생이란 말이에요?"

턱을 쓰다듬으며 생각에 잠긴 무명이 소윤을 내려다보며 작게 속삭였다.

"원래 시누이란 게 그런 존재요."

"안 되겠어요. 신수운에 대해서는 조금 생각해봐야겠어

요."

"여까지 왔는데!? 내 일두가 이곳 화룡제를 들어오기 위해 희생했는데, 이제와 그러는 게 어디 있소?"

칭얼거리는 무명을 향해 소윤이 인상을 찡그리며 그를 쏘아봤다.

"지금 신수운이 문제가 아니에요. 지금 시집 잘못 갔다가 비명횡사하게 생겼는데! 내 꿈은 돈 많은 미공자의 아내가 되는 것도 있지만 오래오래 무병장수하는 것도 내 오랜 꿈 중 하나라구요."

"뭐, 가족이 되면 달라질 수도 있지 않소?"

"처음 보는 여자에게 검을 뽑는 여자가요? 아무튼, 고려를 해봐야겠어요."

팔짱을 낀 채 씩씩대는 소윤의 모습에 무명이 머리를 짚었다.

"아이고, 머리야……."

* * *

"본 파를 욕보인 자를 그렇게 쉽게 보내주다니."

소윤과 마찬가지로 씩씩대는 신영의 옆에서 조용히 걷던 신수운이 조용히 상황을 곱씹었다. 아무리 생각해도 이해가 안 되는 부분이 있었다.

'분명…….'

분명히 신영과 신수운이 더욱 가까이에 있었다. 무명과 소윤의 거리는 조금 떨어져 있었다. 신영이 검을 뽑으려 하는 것을 본 신수운은 이를 막으려 했다. 워낙 성격이 괴팍한 신영인지라 무슨 짓을 저지를지 몰라서였다.

헌데, 그것보다 저 멀리 떨어져 있던 사내가 바람처럼 소윤의 뒤에 나타나 검을 뽑았다. 그야말로 찰나의 순간이었다.

본능적으로 검을 빼어 막지 않았다면 사내의 검이 무슨 짓을 했을지 몰랐다.

'내가 신영과 더 가까이 있었다. 하지만 그자가 더 빨랐다.'

만약, 신수운이 신영과 조금만 더 멀리 있었다면, 사내의 검을 막지 못했을 것이다. 그만큼. 호위무사라 자신을 소개한 사내의 신형과 발검은 눈부시도록 빨랐다. 화산파의 기재라 불리던 자신을 능가할 만큼.

'호위무사라……'

* * *

현재 무명은 심각한 고민에 빠져 있었다. 요전번의 일로 소윤이 신수운에 대해 다시 생각해보기 시작했다. 안 그래도 눈물을 머금고 일두를 입양 보냈건만, 신영이라는 묘령의 여인에 의해 모든 일이 틀어진 것이다.

어떻게든 설득을 시켜보려 했으나 아무래도 소윤의 고집을 꺾기는 힘들어 보였다.

"시누이가 얼마나 중요한지 몰라요?"

정말 모르냐는 듯 물어오는 소윤의 질문에 무명이 머리를 긁적였다. 알 리가 없었다.

"지금이야 철없는 어린애라 그런것 아니겠소?"

"누가 어린 치기로 사람을 죽이려 하겠어요! 휴. 괜찮은 남자가 왜 여자가 없나 했더니, 다 이유가 있었다니까요."

씩씩거리는 소윤을 보며 무명이 머리에 손을 얹었다. 아무래도 신수운은 희망이 없어 보였다. 그렇다면 두번째 대안으로 주유성이라는 홍환상단의 아들이 있었는데, 사실 홍환상단이 마음에 걸렸다.

'홍환상단이라.'

과거에 들어본 적이 있는 이름이었다. 물론, 좋은 의미는 아니었다. 홍환상단은 상단으로서 그 거대한 입지를 다지기까지 보이지 않는 손을 많이 거쳤다. 과거의 일이었고, 지금은 어느 누구도 함부로 할 수 없는 크기의 상단이 되었지만, 찝찝한 것은 어쩔 수 없었다.

차를 마시며 뭔가 아련한 표정을 짓는 소윤을 향해 무명이 조심히 입을 열었다.

"신수운이 마음에 안 들면 주유성이라는 자도 있소. 말했듯이 외모는 평범하나 재력은 중원에서도 손꼽히는 자요."

"여동생이나 누나가 있진 않나요?"

불안한 듯 묻는 소윤의 말에 무명이 옅은 미소와 함께 검지를 들어 좌우로 흔들어보였다.

"주유성은 남동생이 있소."

"흐음. 남동생이라… 주유성의 외모는 평범하구요?"

"그렇소."

외모에 대해 묻는 소윤의 말에 무명이 무미건조한 표정으로 소윤을 바라봤다. 항상 드는 생각이지만 왜 소윤은 외모에 그렇게 집착하는지 알 수가 없었다.

"그래요. 사람은 됨됨이가 중요한 거죠. 화룡제가 끝나면 주유성이라는 자를 만나봐야겠어요."

"화룡제도 거의 막바지이니 곧 룡(龍)을 뽑는 결승이 치러질 거요."

"좋아요. 그래도 여기까지 왔으니 결승은 보고 가죠!"

"당연한 말이오."

다음 날 화산파 화룡제의 마지막 날이 시작되었다.

"사람이 엄청 많네요?"

"화룡제에 별 관심이 없던 사람들도 화룡제 결승만큼은 꼭 본다고 했으니, 아마 그 때문일 거요."

전번보다 훨씬 사람들이 많아 진 탓에 작은 체구의 소윤은 여기저기 치이기 시작했다. 바로 옆에서 걷는 무명은 뭘 그렇게 찾는지 계속해서 이곳저곳을 둘러보고만 있었다.

"아니! 윽! 저, 저기요? 호위, 으윽! 무……!"

어디선가 들려오는 소윤의 목소리에 무명이 고개를 돌렸다. 하지만 그 어디에도 소윤의 모습이 보이지 않았다.

"소윤?"

방금까지만 해도 바로 옆에 있던 소윤이 사라지자 무명이 주변을 둘러보았다. 하지만 화산파는 넓었고 사람들이 다 비슷비슷하게 생긴 탓에 누구 한명을 찾는다는 게 쉽지가 않았다. 게다가 소윤은 체구가 작아 인파들 사이에 끼면 제대로 보이지도 않았다.

"어딜 간거야?"

한편, 소윤은 자신의 손목을 잡아챈 누군가의 이끌림에 의해 많은 인파들을 헤치고 그곳을 빠져나가고 있었다. 처음엔 무명이 자신을 잡고 나아가는 줄 알았는데, 소매를 보니 붉은 무복이 눈에 띄었다.

'붉은 무복? 화산파의 무인인가?'

이해할 수는 없지만, 화산파의 무인이 자신의 손목을 잡아 이끌어 많은 인파들을 헤치고 나아가는 중이었다.

'사람을 착각했나?'

'오해다, 나는 네가 찾는 그 사람이 아니다'라고 말해주고 싶었지만, 북적거리는 인파들 속에서 누군가에게 말을 건네는 건 매우 힘든 일이었다. 게다가 이처럼 이끌려가고 있는 상황에선 더더욱.

한참을 사람들을 헤치고 나아가 겨우 수많은 사람들에게서 해방된 소윤이 숨을 몰아쉬며 자신을 이끌고 나온 남자를 바라봤다.

"감사합니다. 헌데, 왜……?

말을 건네던 소윤의 눈이 점점 커지며 남자의 얼굴을 똑바로 바라보았다. 익숙한 얼굴이었다.

"괜찮습니까?"

미소와 함께 안부를 묻는 미공자.

화룡제의 강력한 우승후보.

신수운이었다.

"네… 네……."

붉어진 얼굴로 소윤이 고개를 끄덕였다. 왜 신수운이 자신을 이끌고 그곳에서 빠져나왔는지 알 수 없었지만, 그래도 기분이 나쁘지 않았다. 하지만 설레지는 않았다.

보통 이런 상황에 직면하면 설렐 법도 했으나 소윤이 느끼는 감정은 신기함이었다.

"사실, 소저를 한번 만나고 싶었습니다. 요전번의 사건에 대해 사과도 드릴까 해서요."

"아뇨. 서로 오해한 것뿐인데요, 뭘……."

"그래도 사과드리고 싶네요. 그런데 호위무사님께서는?"

"아. 같이 있었는데 아무래도 빠져나오는 과정에서 멀어진 것 같네요."

소윤의 말에 신수운이 저 멀리 수많은 인파들의 행렬에 시선을 뒀지만, 무명의 모습은 보이지 않았다.

"흠. 할 수 없죠. 소저 같이 식사라도 하시겠습니까? 사과도 드릴 겸 해서요."

그의 말에 소윤이 뒤를 돌아보았다. 무명을 찾기 위해서였다. 하지만 그녀의 시야로는 도저히 무명을 찾을 수가 없었다.

'뭐, 별일 없겠지?'

고개를 돌린 소윤이 미소와 함께 말했다.

"좋아요."

소윤이 사라진 뒤 무명은 바로 소윤을 찾기 시작했다. 화산파 내부에서 별일이야 있겠냐만 신영과 소윤 사이에서 벌어진 일을 생각해보면 그것도 아닌 듯했다.

"소윤의 그 개차반 같은 성격상 또 누구와 싸움이 날지 모르는데……."

정말로 걱정된다는 듯 무명이 주변을 둘러보았다.

"허허… 호위무사가 호위 대상을 잃어버리다니. 이것 참 민망하구만."

주변을 두리번거리던 무명의 어벙했던 눈빛이 돌연 차갑게 식어갔다.

건드리면 안 되는 사람

"조용하고, 아름답네요."

"화산파의 별관입니다. 외부인은 들어올 수 없는 만큼 조용한 곳이죠."

화산파에서도 명성이 자자한 숙수의 음식을 즐긴 후 별관에서 차를 마시던 소윤이 별관 옆에 작게 마련된 정원을 보며 눈을 빛냈다. 형형색색의 아름다운 꽃들과 잔잔한 호수들이 그림 같은 조화를 이루고 있었고, 작은 새들이 찾아와 우아하거나 귀여운 날갯짓을 보이고 있었다.

"어떻게 마음에 드십니까?"

웃으며 묻는 신수운의 질문에 소윤이 마주 미소 지으며

고개를 끄덕였다.

"네. 이런 모습은 처음 봐요."

"다행이네요."

차를 마시며 신수운이 흐뭇한 표정을 짓자 소윤이 또한 웃으며 정원을 바라봤다.

모든게 완벽했다. 식사는 맛있었고, 차의 향은 훌륭했다. 정원은 말할 것도 없이 아름다웠다. 신수운은 여인을 곁에 두지 않는 것치고는 꽤 괜찮은 말솜씨를 지니고 있었다.

그런데, 단 한가지가 걸렸다.

"무명……."

"네?"

저도 모르게 무명의 이름을 중얼거린 소윤이 깜짝 놀라자 신수운이 미처 듣지 못한 듯 의아한 표정으로 물었다. 소윤은 급히 손사래를 쳤다.

"아, 아니에요."

"아, 네… 아차. 저는 이만 화룡제를 준비하러 가봐야겠습니다."

"이제 마지막이네요. 꼭 우승하시길 응원할게요."

"하하. 소저가 응원해주신다니 꼭 우승해야겠군요."

호탕한 웃음과 함께 신수운이 별관을 떠났다. 혼자 남겨진 소윤은 자리에 도로 앉아 정원을 바라봤다. 돌아가는 길을 신수운이 미리 알려줬기 때문에 신수운이 없어도 돌

180

아가는 데에는 문제가 없었다. 그러니 지금은 조금 더 정원을 구경하고 싶었다.

누가 화산파의 정원을 이렇게 맘껏 구경해보겠는가.

"나도 참… 이렇게 중요한 순간에 무명을 떠올릴 게 뭐람."

분명 신수운과의 시간은 만족스러웠다. 마음에 두고 있던 자라서 그런지 조금 떨리긴 했지만, 신수운은 사람을 편하게 대해주었다. 그 덕분에 소윤도 편안하게 시간을 보낼 수 있었는데, 문제는 계속해서 무명이 떠올랐다.

식사를 하다가도.

'맛있다! 무명도 좋아할 텐데.'

차를 마시다가도.

'무명이 좋아할 만한 차인걸…….'

정원을 볼 때는.

'이 정원을 볼 때도 무명은 시큰둥하겠지. 감정이 메말라버린 남자 같으니라구. 분명 이렇게 아름다운 정원을 앞에 두고도 밥이나 더 먹으러 갑시다, 이럴 사람이야.'

순간순간마다 자신의 앞에 있는 신수운보다는 무명이 먼저 떠올렸다. 뭐 하나 잘난것 없는, 무공 실력도 변변찮은 무명이었지만, 어느새 없으면 허전한 존재가 되어가고 있었다.

맛있는 밥을 먹으며 즐거워할 무명을 떠올리며 소윤은 웃음을 터트리고 말았다.

그때였다.

"어떻게 즐거운 시간 보냈나봐? 입이 귀에 걸린걸 보니?"

또 하나의 익숙한 목소리가 들렸다.

"당신은?"

목소리가 난 쪽으로 고개를 돌리니 그곳엔 신영이 서 있었다. 팔짱을 낀 채 새침하고 도도하게 서 있는 신영을 보며 소윤은 왠지 모를 불안함을 느꼈다.

"그렇게까지 좋아하다니. 이러면 내가 정말로 나쁜 사람 같잖아. 설마, 정말로 오라버니가 네가 마음에 들어서 이곳에 데려왔다고 생각한 건 아니겠지?"

장난스럽게 웃으며 묻는 신영의 모습에 소윤이 얼굴을 굳혔다.

"호호. 오라버니는 내 간절한 부탁에 너를 이곳으로 데려온 거야. 방금 전에 화룡제를 준비해야 해서 나가는 오라버니를 만났는데 얼굴이 죽상이더라고. 하긴, 마음에 들지도 않는 여인을 데리고 밥도 먹고, 이야기도 나눠야 했으니 기분이 좋지 않았겠지."

"뭐라고?"

"말 그대로야. 오라버니는 너같은 거에 관심도 없어. 오라버니가 뭐가 아쉽다고 너같은 걸 만나겠어? 단지 내 부탁을 들어주기 위해 네가 마음에 든 척 이곳에 데려온 거야."

그녀의 말이 끝나자 소윤이 자리에서 일어났다.

"용건 끝났으면 이만 가볼게요."

소윤이 신형을 돌려 나가려 하자 신영이 그녀의 앞을 막아섰다.

"그리고 네 호위무사, 감히 화산파에서 내게 검을 들이밀어? 웃기지도 않아."

무명의 얘기가 나오자 소윤이 고개를 획 돌리며 말했다.

"무명은 건들지 마! 너랑 나 사이의 일이잖아!"

"아아… 그 남자 이름이 무명이었어? 참, 이름하고는… 아무튼 그자는 내가 따로 사람을 시켰어. 그렇게 좋으면 둘이 잘 붙어 다녔어야지."

"내가 미안해. 사과할게. 그러니 무명은 건들지 마."

자존심 강한 소윤이 고개를 숙이며 말하자 신영이 재미있다는 듯 웃었다.

"호호! 이거 효과가 되게 좋은데? 이럴 줄 알았으면 진즉에 그 무명이란 놈부터 족칠걸 그랬어! 괜히 오라버니에게 나쁜 짓 시키지 말구. 아아, 미안해라. 좋아하지도 않는 여자와 이런 시간을 보냈다니… 너무 불쌍해."

"알았으니까 무명은……."

"미안한데, 이미 늦었어. 그래도 걱정마. 곧 만날 거야. 물론, 몸성히 만날 순 없겠지만."

이죽거리는 그녀의 말에 소윤이 주먹을 말아 쥐었다. 당장에라도 신영의 뺨을 쳐올리고 머리끄덩이라도 붙잡고 싸우고 싶었지만, 신영은 무인이었다. 태어나서 무공이란 걸 접해 본 적이 없는 소윤이 이길 리 만무했다.

똑똑!

그때, 별관의 정문에서 누군가 문을 두드렸다.

"오! 왔나보네. 기대해. 네가 그렇게 기다리던 사내를 만날 수 있을 테니까! 들어와."

신영이 신이 난 듯 경쾌한 목소리로 말했다. 그러자 별관의 문이 끼익— 소리를 내며 천천히 열렸다.

털썩—

"무명!"

온몸이 망신창이가 된 무명이 바닥에 쓰러졌다. 놀란 소윤이 그에게 다가가려 했지만, 이를 신영이 제지했다.

"음. 생각보다 멀쩡하네?"

신영이 은근한 말투로 묻자 뒤이어 들어온 검은 무복의 사내 세명이 복면을 벗으며 말했다.

"보는 이목도 많고, 이 녀석이 저항을 하지 않아서……."

"뭐, 좋아. 즐거움은 빨리 끝내서 좋을게 없지. 일으켜 세워."

"끄윽……."

두명의 사내가 양쪽에서 팔을 들고 무명을 일으켜 세우자 피가 흐르는 얼굴의 무명이 소윤을 바라봤다.

"소윤?"

"무명!"

184

눈물을 글썽이는 소윤을 마주한 무명이 고개를 갸웃하며 물었다.

"소윤. 괜찮은 거요?"

"지금 내 걱정할 때예요?"

"흠. 흠. 그렇군."

고통스러운 듯 숨을 헐떡거리던 무명이 사내들에게서 자신의 팔을 빼내며 옷에 묻은 먼지를 털어내기 시작했다.

"다행이오. 난 또 모진 고문이라도 받은 줄 알았는데, 생각보다 잘 있었던 모양이오?"

"그, 그렇긴 하지만 무명은……."

우득— 우득—

좌우로 목을 돌리며 몸을 풀어준 무명이 얼굴에 묻은 피를 소맷자락으로 대충 닦아내며 말했다.

"소윤이 위험한 상황에 빠진 것 같아서 몇 대 맞아주고 끌려왔소. 이곳 위치를 모르니 말이오."

"네?"

"뭐야, 이 새끼?"

검은 무복의 사내가 어이가 없다는 듯 무명의 멱을 쥐어잡았다.

"미쳤… 억!"

무명의 멱을 잡은 사내의 허리가 활처럼 휘었다. 어느새 무명의 주먹이 그의 복부를 쳐올린 것이다. 단 한번의 주먹질로 사내가 고꾸라지자 나머지 두명의 사내가 검을 뽑아들었다.

"이놈이!"

"어허… 화산파의 무인들이 외부인을 상대로 검을 이렇게 함부로 뽑다니. 쯧… 화산파도 갈 데까지 갔군."

"네놈이 뭐라고 지껄이는 것이냐!"

검이 무명의 목젖을 겨누었다. 누구라도 목 언저리에 검을 들이밀면 두려워할 것이다. 하지만, 무명은 무미건조한 표정으로 사내를 바라봤다.

"화산파에서 시킨 일은 아닐 테고, 저 계집이 시킨 건가?"

"뭐야!?"

계집이라는 말에 신영이 쌍심지를 켜고 무명을 노려보았다.

"본디, 남자로 태어나 여인에게 손을 대는 것을 싫어하나 건들지 말았어야지… 감히…….."

우득──!

콰직!

손목이 한바퀴 돌아가며 꺾인 사내가 검을 놓으며 자리에 주저앉았다. 그리고 그 뒤에 검을 뽑고 있던 사내의 왼쪽 어깨가 심하게 돌아가며 바닥에 쓰러졌다.

두 사내의 신형을 눕히기까지 걸린 시간은 단 한번의 눈깜박임으로 충분했다.

"내 사람을 건드려?"

진득한 살기가 어린 눈으로 무명이 신영의 앞에 섰다. 놀란 신영이 검을 뽑으려 했지만, 무명의 빠른 손놀림에 의해 검은 검집에서 빠져나오지 못했다. 손잡이를 무명이 손바닥으로 찍어 눌렀기 때문이다.

"너… 넌 뭐야!"

말을 더듬으며 묻는 신영의 말에 무명이 신영의 얼굴에 자신의 얼굴을 가까이 가져다 대며 말했다.

"낭인 겸 호위무사."

"여긴 화산파야……."

"그게 뭐?"

떨리는 신영의 목소리에 무명의 무미건조한 목소리가 허공을 덮었다. 자신감과 오만이 가득하던 신영의 목소리는 어느새 병든 노인의 심장박동처럼 불규칙하게 떨렸다.

"무명."

무심하게 신영을 내려다보던 무명의 곁으로 소윤이 다가왔다. 그는 신영의 검을 잡고 있는 무명의 손에 자신의 손을 살포시 얹으며 고개를 좌우로 저었다.

"난 괜찮아요."

무명은 뭐가 괜찮냐며 따질 생각이었다. 그러나 웃고는 있지만 슬픈 눈을 하고 있는 소윤의 모습에 신영의 검을 놓고 그녀에게서 물러났다. 그리고는 소윤의 소매를 잡으며 말했다.

"돌아갑시다."

"네."

신형을 돌린 무명이 소윤의 소매를 잡고 걸었다. 태어나서 처음 겪어보는 수모에 분에 겨운 신영이 검을 잡으려했지만, 손이 마구 떨려 그마저도 힘들었다. 살면서 단 한 번도 느껴본 적 없는 기분이었다.

'죽는다.'

무명의 두눈에서 찾아볼 수 있는 감정은 단 하나뿐이었다.

살의(殺意). 진득하고 무시무시하여 감히 거부할 수도 없는.

"하아… 하아…….'

두 남녀가 별관을 빠져나가자 신영이 숨을 몰아쉬며 가슴에 손을 얹었다. 심장이 자기 멋대로 뛰고 있었다. 진정시키려 해봤지만, 쉽사리 진정되지 않았다.

이윽고 공포의 감정이 사라지자 분노의 감정이 되살아났다.

우드득—

이가 갈리는 소리가 살벌하게 별관을 울렸고, 신영이 눈을 번뜩이며 발걸음을 재촉했다. 이대로 그들을 보내기엔 신영의 자존심이 허락지 않았다.

"낭인 주제에……."

* * *

"미안해요. 갑자기 사라져서."

"됐소. 소윤 말을 무시한 내 탓이오. 생각보다 더 미친년 이었구려."

고개를 저으며 무명이 인상을 찡그렸다. 생각보다 신영 의 성품이 더욱 독했다. 꽤나 뛰어난 기재였던 신수운은 인품도 훌륭하다 알려져 있었는데, 인품과 재능이 모두 신 수운에게 몰렸기 때문일까. 신영에게는 인품이라는 것을 찾아볼 수가 없었다.

"돌아갈까요?"

"어딜 말이오?"

"객잔으로요. 더 이상 이곳에서 얻을 수 있는 것은 없을 것 같아요. 잃을 것만 있지."

쓸쓸한 소윤의 말에 무명이 말없이 고개를 끄덕였다.

* * *

"자네, 좋은 일이 있었나?"

화룡제의 막바지를 준비하던 신수운을 향해 큰 키의 중 년남성이 물어왔다.

"아. 제가요?"

신수운이 무슨 소리냐는 듯 말하자 주양덕이라는 중년남 성이 신수운의 옆에 앉으며 은근한 얼굴로 물었다.

"자네, 얼굴에 '나 기분이 매우 좋소'라고 쓰여 있구만,

뭘 모른 척하고 있나?"

주양덕의 말에 신수운이 깜짝 놀라 자신의 얼굴을 매만졌다. 당연히 느껴지는 것은 놀란 자신의 얼굴이었다. 신수운은 자신이 웃고 있었다는 사실에 놀란 듯 눈을 끔벅였다.

"곧 화룡제의 결승이라 기분이 좋은가보군 그래. 하하! 너무 자만하지는 말라구."

"아무래도 그런 것 같습니다. 주형 말대로 자만하지 않겠습니다. 하하!"

호탕하게 웃어 보인 신수운이 곧 웃음을 거두고 자신의 입가에 손을 가져다 댔다. 화룡제를 떠올리지 않았다. 곧 결승이었고 우승이 눈앞에 있었지만 자만하지 않았다. 자신이 우승할거라는 확신을 가지고 있지도 않았다.

단지, 신영이 사과하고 싶다며 소윤을 불렀고, 소윤과 함께 이야기를 나누며 식사를 했던 것을 떠올렸을 뿐이었다. 다시 한번 마주하게 된 소윤과 대화를 나누는 게 즐거웠다. 누군가와 이렇게 대화를 나누며 기뻤던 것이 언제였는지 모를 만큼 소윤과의 시간은 즐거웠다.

그 때문이었을까. 저도 모르게 옅은 미소를 짓던 신수운이 기분 좋게 자리에 일어섰다.

"화해는 했을려나."

"우리가 왜 쫓기는 거죠!?"

소윤이 다급하게 물었다. 그리고 그 옆에서 달리고 있는 무명이 소윤을 슥— 바라봤다 다시 정면으로 고개를 돌렸다. 이유를 알 것 같았다.

"이유는 모르겠지만, 안 잡히는 게 좋지 않겠소?"

"헉… 허억…! 앞에도 나타났어요!"

"이쪽으로!"

무명이 소윤의 어깨를 잡고 급히 인파들 속으로 모습을 감추었다. 지금 소윤과 무명은 화산파 무인들에게 쫓기고 있었다. 화산파에서의 모든 일정을 마치고 화산파를 나가려던 무명과 소윤은 난데없는 화산파 무인들의 등장에 도망을 치고 있었다. 물론, 그들의 손에 포승줄만 없었어도 도망치지는 않았을 것이다.

하지만 불길한 예감은 왜 항상 맞는 걸까?

오랜 경험과 특유의 감으로 불길함을 느낀 무명이 소윤을 데리고 도망치기 시작했다. 화산파 무인들은 포승줄을 들고 빠르게 소윤과 무명을 쫓아왔다.

"화산파의 정문이 닫혔을 거요. 외벽은 우리 둘이 넘기엔 너무 높고."

"그러면 어쩌죠?"

"오해를 푸는게 가장 좋은 방법이겠지만…….."

"무슨 오해요?"

소윤이 눈을 동그랗게 뜨고 묻자 무명이 머리를 긁적였다.

"내 생각인데, 신영이란 계집이 우릴 쫓고 있는 것 같소. 화산파의 무인들이 동원된 걸 보니, 거짓된 말로 우리를 모함한 것 같은데… 내가 화산파 무인 세명을 때려눕혔으니 무슨 말을 해도 믿지 않을 거요."

"그러게 왜 그랬어요."

왜 그랬냐 타박하는 소윤을 향해 무명이 찡그린 얼굴로 그녀를 내려다보았다. 그러자 소윤이 순순히 고개를 내렸다. 찔리는 게 있었기 때문이다.

"흐음. 우릴 도와줄 수 있는 사람이 한명 있긴 한데… 어디서 찾아야 할지……."

"누구요?"

"있소. 내가 아는 노인이 화산파에서 기거하는데, 이 양반이 화산파에서도 힘을 좀 쓰는 사람이요. 아마 우릴 도와줄 수 있을 텐데."

눈을 가늘게 뜬 무명이 주변을 둘러보았다. 여전히 화산파의 무인들이 포승줄을 들고 빨빨거리며 주변을 돌아다니고 있었다.

'그 노인을 화룡제에서 봤으니, 아마 아직도 그곳에 있을 테지. 아직 화룡제가 끝나지 않았으니까…….'

무명이 소윤의 소매가 아닌 소윤의 손을 꽉 쥐었다.

커다랗고 뜨거운 손이 자신의 손을 쥐자 소윤이 얼굴을 붉혔다. 그럴 만한 상황이 아니었지만, 별관에서 무명을 떠올린 기억 탓일까. 왜인지 모르게 부끄러웠다.

"갑시다."

"네? 으, 으악!"

부끄러움과 쑥스러움에 얼굴을 붉히고 있던 소윤이 무명의 거친 손길에 이끌려 달리기 시작했다.

"저기다!"

인파 속에서 무명과 소윤이 툭— 튀어나오자 화산파 무인들이 일제히 포승줄을 들고 무명을 쫓았다. 무명의 발은 빨랐다. 하지만 소윤은 무림인이 아니었기 때문에 신법을 구사할 수 없었고, 점점 화산파 무인들과의 격차도 줄어들었다.

"이런! 소윤! 상황이 이러하니 용서하시오."

"네!?"

"웃차!"

화산파 무인들과의 격차가 점점 줄어들자 무명이 소윤의 허리와 다리를 들어올려 안아든 뒤 땅을 박찼다. 순식간에 자신을 안아들고 무명이 날아오르자 놀란 소윤이 양손으로 무명의 가슴팍을 잡고 고개를 묻었다. 이러한 속도감과 체공감을 느껴본 적이 없는 소윤은 몸을 달달 떨었다.

* * *

캉—!

카앙!

두 개의 검이 어지럽게 움직이며 서로를 쳐댔다. 붉은 검기가 만들어내는 수많은 꽃봉오리는 화산파를 뒤덮고 있는 홍매화를 연상케 했고, 두 개의 검은 연무장을 붉게 물들이며 매화를 활짝 꽃피우는 중이었다.

"화산파 무인들의 실력이 나날이 좋아지는구나."

담담한 목소리였지만 그 안에서 흐뭇함을 느낀 장소야가 고개를 끄덕였다.

"그중에서도 기재라 불리는 신수운과 담명의 대결입니다. 서로를 호적수라 생각하고 있는 만큼 서로에게 지지 않으려 최선을 다할 겁니다."

"훌륭하군."

싱그러운 미소를 지으며 유중혁이 고개를 끄덕였다. 그의 말대로 둘의 대결은 범인이 보기에도 아주 훌륭했다.

캉!

신수운의 검이 매섭게 담명의 목젖을 노리고 찔러 들어왔다. 담명은 급히 몸을 회전시키며 찔러오는 검을 쳐냈고, 신수운은 자신의 검이 쳐내지기가 무섭게 땅을 박차며 담명의 허리를 노리고 베어 들어왔다.

카앙—!

스악—!

붉은 피가 연무장을 적셨다. 담명의 허리를 벤 신수운의 검에서 검붉은 피가 뚝— 뚝— 떨어지고 있었다. 하지만 신수운은 웃지 못했다. 그가 부여잡은 오른쪽 어깨에서도 피가 흐르고 있었기 때문이다.

담명과 신수운의 신형이 서로의 반대편으로 멀찍이 떨어졌다.

"대단하십니다."

어깨에 흐르는 피를 보며 신수운이 진심으로 감탄했다. 그런 신수운을 보며 담명이 고개를 저었다.

"자네야말로. 조금만 늦었어도 위험했을 거야."

허리에 흐르는 피를 지혈하며 담명이 웃어 보였다. 그의 웃음에 신수운도 마주 웃어 보였지만, 그들의 눈은 매섭기 그지없었다. 서로를 가족처럼 믿고 의지하는 이들이었지만, 화룡제를 양보할 생각은 추호도 없었다.

살짝 비틀거리는가 싶던 신수운의 신형이 튕겨지듯 쏘아지며 담명에게 날아들었다.

빠르게 쇄도해오는 신수운을 향해 담명이 검을 수평으로 뉘이며 자세를 낮추었다. 수직으로 뻗어 올라간 신수운의 검에서 붉은 검기가 회오리치며 뿜어져 나왔고, 그를 바라보던 담명의 검에서도 붉은 검기가 쏘아져 나왔다.

"흐압!"

"하압!"

수직으로 뻗어져 빠르게 내려 베어오는 신수운의 검과 반원을 그리며 신수운을 베어오는 담명의 검이 서로를 향해 부딪쳐왔다.

쾅—!!

연무장이 거세게 흔들리며 거대한 기의 폭발이 일어났다.

"큭!"

"크윽!"

서로의 검을 맞댄 신수운과 담명이 동시에 인상을 찡그렸다. 기의 폭발로 상의 무복은 둘 다 찢겨져 나갔고, 피부도 찢겨져 상체에서 피가 흐르고 있었다. 하지만, 둘 다 물러설 수 없다.

"괜찮으십니까!?"

신수운이 이를 악문 채 물었다.

"물론이지. 자네야말로 너무 무리하는 것 아닌가!?"

"그럴 리가요!"

그그그극!!

신수운과 담명의 검이 한 치의 망설임도 없이 서로를 베려 힘을 주기 시작했다. 그때였다.

쉬이이익—!

쿵!

신수운과 담명이 서로를 베려 온갖 힘을 다 주고 있을 때, 그들이 서 있던 연무장에 한 사내가 날아들었다.

"후우!"

검은 무복을 휘날리며 반토막 난 검을 지닌 무명이 품에 소윤을 안아든 채 나타난 것이다. 연무장에 내려선 무명을 향해 화룡제를 관람하던 관객들과 신수운과 담명, 장소야와 유중혁의 시선도 무명을 향했다.

그들 중에서도 유중혁을 발견한 무명이 어색한 미소를 지어 보였다.

"아, 저… 음…….."

무명이 유중혁을 향해 뭔가 말을 건네려할 때 화룡제를 향해 수명의 화산파 무인들이 등장했다.

"이놈!"

화산파 무인들이 연무장을 둘러싸자 참다못한 장소야가 자리를 박차고 일어섰다.

"뭣들 하는 짓이냐! 지금 화룡제의 마지막 경기가 진행되고 있는 것이 보이지 않는 게냐!?"

마치 바로 옆에서 소리치는 것처럼 우렁차게 울리는 장소야의 외침에 모든 이의 시선이 장소야에게로 쏠렸다. 일이 심상치 않게 돌아가고 있음을 깨달은 신수운과 담명은 서로를 겨눈 검을 거두고 물러섰다.

"소윤. 아무래도 우리 사정을 얘기해야 할 것 같소."

"아, 알겠어요!"

아직도 떨림이 멈추지 않는 듯 몸을 떨던 소윤이 무명의 품속에서 빠져나와 연무장에 섰다.

"양 소저?"

소윤을 발견한 신수운이 소윤을 불렀다. 들려오는 낯익은 목소리에 소윤이 시선을 돌려 신수운을 바라봤다.

"신 공… 히익!"

신수운의 목소리에 그를 향해 시선을 돌린 소윤은 몸에 피를 잔뜩 흘리고 있는 신수운의 모습을 보고는 그대로 혼절해버렸다. 무명이 재빨리 양팔을 뻗어 쓰러지는 소윤을 받았다.

"아차. 깜빡했네."

피를 보면 혼절한다는 것을 잠시 잊은 무명은 자신의 실책을 깨달으며 입술을 잘근 씹었다.

"네놈은 누군데 감히 신성한 화룡제에 끼어드는 것이냐!?"

"그게…….'"

소윤을 바닥에 고이 눕힌 무명이 자리에 일어서며 장소야를 바라봤다. 그의 옆에 유중혁의 모습도 보였는데, 유중혁은 흥미로운 듯 무명을 바라볼 뿐 앞으로 나서지 않았다. 무명은 머리를 긁적이며 누워 있는 소윤을 바라봤다. 원래 소윤이 함께 상황의 진실을 말해줘야 했는데, 피를 보고 혼절해버린 이상 홀로 이 상황을 타개해나가야 했다.

"여기 쓰러져 있는 여인은 제가 호위하고 있는 여인입니다. 헌데, 화산파의 신영이라는 무인이 이 여인을 납치했고, 여인의 목숨을 빌미로 저 또한 납치했습니다. 그래서 저는 목숨을 걸고 그곳에서 탈출해 여인과 함께 도망치고 있었습니다. 그런데 포승줄을 든 화산파의 무인들이 저희를 쫓기 시작했고, 잡히면 다시는 도망칠 수 없다는 생각에 하는 수 없이 진실을 밝히고자 이곳으로 온 것입니다.

결코 화룡제를 모욕하려는 건 아니었습니다."

무명의 고개를 숙이며 말하자 장소야가 포승줄을 든 화산파의 무인들을 노려보았다. 사실대로 말하라는 듯한 무언의 눈빛이었다.

"장문인님. 저는 화산파의 호종수라 합니다."

"그래. 어찌 저들을 쫓고 있었던 게냐?"

"그게 저자들이 신영이라는 화산파의 여아를 욕보이고 달아났다고 합니다. 저 남자에 의해 두명의 화산파 무인들이 다시는 검을 쥐기 힘든 상황에 빠졌으며, 신영이라는 여아는… 옷이 찢기고, 하마터면 여인으로써의 정조마저……."

호종수가 미간을 좁힌 채 무명을 노려보며 말을 흐렸다. 더 이상 말할 수 없을 만큼 참혹한 짓이었다는 것처럼 호종수의 시선은 경멸로 가득했다.

호종수의 말을 들은 장소야가 다시 무명을 바라봤다.

"그게 사실이더냐?"

무명의 시선이 유중혁에게 향했다가 다시 장소야에게로 갔다. 장소야의 눈에는 살기와 분노가 가득했다. 무명의 시선이 뒤로 향했다. 무명에 의해 손목과 어깨가 돌아간 사내 둘이 눈에 띄었다. 그리고 그 뒤에는 부스스한 머리와 얼굴에 피멍이 가득한 신영이 커다란 겉옷으로 몸을 가린 채 비련의 여주인공처럼 문가에 기대어 서 있었다.

"휴……."

모든게 불리한 상황이었다. 유중혁은 나설 생각이 없어

보였고, 소윤은 기절했다. 이 모든게 신영의 계략이었지만 진실을 밝힐 만한 증거가 없었다. 모든게 신영에게 유리한 상황이었다.

"오히려 악수가 되었군."

설마하니 이런 짓까지 벌일 줄은 몰랐던 신영의 계략에 오히려 화룡제에 온것이 크나큰 악수(惡手)가 되었다.

"어서 말하지 못할까!"

화산파의 장문인인 장소야의 외침에 연무장이 크게 울렸다. 거대한 살기와 분노, 기운이 담겨 있는 외침에 무명이 신영을 한번 바라봤다. 신영은 그를 향해 옅은 미소를 지어 보이고 있었다.

'내가 이겼어'라 말하는 것 같았다.

그녀의 미소에 무명이 웃어 보였다.

"하하!"

"뭘 웃는 것이냐! 어서 내 말에 답하지 못할까!?"

또다시 들려오는 장소야의 외침에 무명이 웃으며 장소야를 향해 고개를 돌렸다.

"하하. 이 모든 것이 모함이라 하면 믿어줄 것이오?"

"뭐라?"

"이곳은 화산파요. 화산파의 무인이 대놓고 진실을 꾸미고, 거짓을 고한다고 한들… 처음 보는 낭인의 말을 믿을 수 있겠냐는 말이오."

"지금 화산파를 능멸하는 것이냐."

"능멸이라……?"

웃고 있던 무명의 얼굴이 차갑게 굳어져갔다.

"지금 누가 누굴 능멸하고 있는지 모르는 건가?"

"내게 하는 말이냐?"

더 이상 참을 수 없다는 듯 장소야 또한 한없이 차가워진 얼굴로 물었다. 그러자 무명이 허리춤의 반토막 난 검을 손에 쥐었다.

"쯧… 보고만 있을 순 없겠군."

그제야 유중혁이 자리에 일어섰다. 지금 무명이 어떤 상태인지 누구보다 잘 알고 있었다.

"그만하거라."

유중혁의 중재에 장소야가 고개를 홱 돌렸다.

"무슨 말씀이십니까! 저자가 지금 화산파를…… ."

"그만하거라. 내가 잘 아는 아이다."

"아는 자란 말씀이십니까?"

"그래."

유중혁이 천천히 걸으며 무명을 향해 다가갔다.

"너무 나간것 아니더냐?"

여유로운 미소를 띤 유중혁의 물음에 무명은 아무 대답도 하지 않았다. 단지 조금 짜증이 난 듯 찡그린 얼굴로 유중혁을 바라보고 있었다. 그의 표정에 유중혁이 너털웃음을 지으며 말했다.

"허허! 감히 웃어른을 보며 도끼눈을 뜨는 게냐?"

"진즉에 나섰으면 이런 일도 없었을 것 아닙니까?"

반토막 난 검을 허리에 차며 무명이 팔짱을 낀 채 따졌다. 그의 태도에 장소야는 물론이고, 무명의 주변에 서 있던 모든 화산파 무인들이 놀란 표정으로 무명을 바라봤다.

"어떤 상황인지 궁금허니 그런 게지. 늙으면 원래 흥미로운 것을 찾기 마련이야."

"휴! 이놈의 화산파. 지긋지긋하니 어서 나가야겠습니다."

"오해는 풀고 가야 하지 않겠느냐?"

오해는 풀어야 하지 않겠냐는 유중혁의 물음에 무명이 고개를 돌려 신영을 마주했다.

"제가 했던 말 그대로입니다. 소윤이 저 계집에게 납치당했고, 저 계집이 사주한 화산파 무인들이 나를 폭행하고 끌고 갔습니다. 다행히 소윤이 무사한 걸 깨닫고 소윤을 데리고 나온 것뿐, 다른 일은 없었습니다. 물론, 그 과정에서 몇 놈을 패긴 했지만 검을 들고 설쳤으니 뭐 어쩔 수 있었겠습니까. 호위무사인 내겐 소윤의 안전이 먼저이니……."

"허허. 무엇이 진실이더냐."

나지막하게 묻는 유중혁의 말에 무명에 의해 검을 못 쥐게 되었다던 화산파 무인들은 벙어리라도 된 것처럼 아무 말도 하지 못했다. 이대로 진실을 말할 수도 없었지만, 그렇다고 화산파의 대 어른인 유중혁을 상대로 거짓을 고할 수도 없었다.

그들이 아무 말도 하지 못하자 유중혁이 천천히 그들을 향해 다가갔다.

"혹, 늙은이가 하는 말이 들리지 않는 게냐?"

"헙! 아, 아닙니다!"

"아니옵니다!"

두 무인이 머리를 땅에 박으며 말했다.

"그럼 이제 답할 수 있겠느냐."

"네, 네! 저, 저자의 말이 사실입니다. 신영의 부탁으로 저 남자를 별관으로 데려갔고, 저 남자는 여인을 데리고 별관을 빠져나갔습니다. 그 과정에서 신영이 욕보이거나 한 적은 없습니다."

그의 말에 사색이 된 신영이 뒷걸음질하기 시작했다.

"제 탓입니다."

그때, 의외의 인물이 입을 열었다. 모두의 시선이 소리가 난 쪽으로 돌아갔다. 그리고 그곳에는 참담한 표정의 신수운이 서 있었다.

"신영과 소윤이란 여인 간에 작은 마찰이 있었습니다. 그 과정에서 영이가 소윤이란 여인에게 심한 말을 했고, 이를 사과하고 싶다 하여 제가 소윤이란 여인을 별관으로 데려왔습니다… 그런데… 미안하네. 전부 내 탓일세."

신수운이 무명을 향해 고개를 숙여 보였다. 모든 사실이 밝혀지자 장소야가 얼굴을 붉히며 신영과 포승줄을 든 무인들을 둘러보며 말했다.

"당장 저놈들을 잡아드려라. 이 일에 대해 강력한 징계
를 내릴 터이니!"

* * *

화룡제는 담명의 승리로 끝이 났다. 신수운이 자신의 죄
도 있다며, 경기를 포기했기 때문이다. 그리고 신영과 그
녀의 사주를 받은 화산파의 무인들은 화산파에 마련된 감
옥에 투옥되었다.

그들은 화산파를 욕보이고 화룡제를 욕보인 탓에 파문까
지도 각오해야 한다는 얘기가 떠돌았다.

"이번 일로 화산파가 만인의 조롱거리가 되었습니다."

씁쓸하면서도 참담한 듯한 장소야의 말에 유중혁이 특유
의 너털웃음을 지으며 말했다.

"끌끌… 지금 나를 타박하는 게냐?"

"타박하는 게 아닙니다. 제가 어찌 어르신을 타박하겠습
니까. 단지, 시기가 아쉬웠다는 말입니다."

"내가 좀 늦게 나서길 바랐느냐?"

"모든 사람이 보고 있는 화룡제가 아니라 저들을 구금한
뒤 진실을 따져보는 자리에서 말씀해주셨다면, 이런 조롱
거리는 되지 않았을 겁니다."

그는 화산파의 장문인이었다. 모든 잘못은 신영과 그녀
의 사주를 받은 무인들에게 있다지만, 모든 사람들의 앞에

서 화산파가 조롱거리가 되어 기분이 좋지 않았다. 곧 이 소문은 중원 각지로 뻗어나갈 테고, 온 중원이 화산파를 비난하고 조롱할 것이다.

"무명. 그 아이가 순순히 잡혀들 것 같으냐?"

"물론, 모양새를 보아하니 반항이라도 했겠지만, 차라리 그러는 편이……."

"만약 내가 나서지 않았다면, 화산파는 더욱 조롱받았을 게다."

"그게 무슨 말씀이신지?"

알 수 없는 말을 남긴 채 유중혁이 자리에 일어서며 어디론가 걷기 시작했다.

"에잉. 은혜도 모르는 녀석. 내가 나서지 않았다면 화산파는 한 사내에 의해……."

말끝을 흐리며 고개를 들어올린 유중혁은 구름에 가려진 달을 찾으려 고개를 돌렸다.

* * *

"어떻게 되었어요?"

잠에서 깬 소윤이 자신의 옆에 앉아 있던 무명을 향해 물었다. 차가워진 소윤의 손 위에 자신의 손을 포개어 덮고 무명이 구름에 가려진 달을 바라보다가 시선을 돌려 소윤을 내려다보았다.

"잘 되었소. 신영이란 계집과 그녀의 무인들은 화산파 감옥에 갇혔소. 신수운은 자신의 잘못이라며 화룡제를 포기했소. 내가 봤을 때 그는 신영이 당신과 사과하고 싶다고 자리를 만들어달라고 해서 자리를 만든 것 같았소. 나쁜 의도는 없었던 것 같소."

"그래요? 잘됐네요."

"생각보다 신수운이란 사내는 괜찮은 것 같소. 아직 시간이 좀 있는데 자리라도 만들어……."

"됐어요."

됐다며 웃는 소윤의 말에 무명이 의아한 듯 바라보자 소윤이 미소 지으며 말했다.

"됐어요. 그 사람 안 만나도 돼요."

"하지만……."

긴장이 풀린 탓일까. 소윤의 눈이 서서히 감기기 시작했다.

"됐…요… 안 만나도… 당신이… 있으니…까요."

잠결에 한말인지 아니면 꿈을 꾸며 한 말인지, 눈을 감은 소윤이 작게 중얼거렸다. 이불을 끌어올려 소윤의 어깨까지 덮어준 무명은 삐죽 빠져나온 소윤의 차가운 손 위에 자신의 손을 올리고는 말없이 창밖을 바라봤다.

달빛에 비춰진 그의 표정은 한없이 어두웠다.

굼벵이도 구르는 재주가 있다

"가는 게냐?"

바로 옆에서 들려오는 유중혁의 목소리에 무명이 고개를 끄덕였다.

휘황찬란한 달빛 아래에서 술을 기울이던 유중혁이 무명을 보며 피식— 웃었다. 그러자 무명이 인상을 찡그리며 유중혁을 바라봤다.

"뭡니까. 그 어울리지 않는 웃음은?"

"하하! 늙으니 그렇지, 뭐. 원래 늙으면 옛 인연들이 떠오르기 마련이란다. 네놈도 늙으면 그리될 게다."

"일없습니다. 옛 인연이랄 것도 없고. 만나봐야 등에 칼

꽃을 놈들밖에 없으니."

재차 술을 따라 마신 유주혁이 은근한 표정으로 무명을
바라보며 말했다.

"네게는 그 여인이 있지 않으냐?"

"얼떨결에 호위무사 계약을 했을 뿐입니다. 곧 떠날 거
고요."

유중혁에게서 술병을 빼앗듯 가로챈 무명이 술잔에 술을
따라 마신 뒤 안주거리를 손에 쥐고 자리에서 일어섰다.

"그럼 가보겠습니다. 일찍일찍 들어가세요, 노인네. 달
밤에 객사하지 말고."

"하하! 요놈이!"

손에 쥔 안주거리를 입에 오물거리며 무명이 터덜터덜
산을 내려갔다. 예부터 지금까지 일관된 무례함을 지닌 무
명에 유중혁은 미소를 지으며 술병을 손에 쥐고 남은 술을
입에 털어냈다.

오랜만의 취기에 기분이 좋아진 유중혁이 달을 바라봤
다.

"거 녀석… 좀 더 있다가도 좋으련만……."

* * *

"후. 소윤이 기절하는 바람에 얼마나 애를 먹었는지 아
시오?"

"미안해요."

그녀답지 않게 풀이 죽은 듯한 모습에 무명이 찡그린 얼굴로 그녀를 내려다보았다. 소윤은 화산파에서 내려온 직후부터 말수가 부쩍 줄어 있었다.

"험험…! 어떻게 이번엔 그자를 만나보겠소?"

"그자요?"

무명의 말에 곰곰이 옛 기억을 곱씹던 소윤이 탄성을 지르며 말했다.

"아! 주유성이요?"

"맞소. 주공유의 아들이자 홍환상단의 장남이요. 화산파에서 있었던 것처럼 무인들과 부딪칠 일도 없고, 재력은 말할 것도 없으며, 인품도 훌륭하니! 평범한 외모만 빼면 소윤에게 과분한……."

"뭐요!?"

도끼눈을 뜬 채 바라보는 소윤의 모습에 무명의 빠르게 걸으며 소윤을 앞질러 가기 시작했다.

"나, 참. 가진 것도 없는 여인이 눈만 높아서는……."

"다 들리거든요!?"

성난 목소리로 소윤이 외치자 무명이 눈을 가늘게 뜨며 소윤에게 말했다.

"아. 그렇군."

"뭐, 뭐예요? 지금 나 놀리는 거예요!?"

작은 주먹을 말아쥔 채 소윤이 달려오자 무명이 소윤보

다 좀 더 빠르게 달려가며 소윤을 피했다. 무명이 아슬아
슬하게 닿지 않자 오기가 생긴 소윤이 더 빠르게 달리기
시작했으나 그때마다 무명은 아슬아슬한 차이를 유지하
며 소윤을 피했다.

"하아! 하아! 너무하잖아요!"

"하? 소윤의 다리가 너무 느린걸 탓해야지 나를 탓하면
어쩐단 말이오. 이 세상에 맞아주려 천천히 달리는 자가
어디 있겠소."

얄밉게 신형을 돌려 뒷걸음질하며 이죽대는 무명의 모습
에 소윤이 인상을 팍 쓰며 말했다.

"아니! 무인을 제가 어떻게 따라잡아요. 이럴 때는 그쪽
이 못 이긴 척 잡혀줘야죠!"

"내가 뭐 하러 맞을걸 뻔히 알면서 잡혀준단 말이오?"

"치사해!"

치사하다며 입술을 삐죽 내미는 소윤의 모습에 무명이
미소를 지었다. 그러다 깜짝 놀란 무명이 자신의 입술을
찰싹— 때렸다.

"뭐 하는 거예요?"

무명이 제 손으로 제 입을 때리자 소윤은 인상을 쓴 채 의
아하게 물었다. 이에 무명은 고개를 저으며 답했다.

"말도 안 되는 생각과 행동을 한 나에 대한 벌이오."

"아무튼, 나도 무공 좀 가르쳐줘요."

"아니 될 소리."

"왜 안 된다는 거예요, 또!"

검지를 치켜세운 무명이 좌우로 검지를 까딱이며 고개를 저었다.

"소윤처럼 괴팍한 성질머리를 가진 여인이 무공까지 배운다? 그건 아니 될 소리요. 만약 그리된다면, 난 소윤의 미래의 남편을 볼 명목이 없을 거요. 게다가 당장에 그쪽과 계약되어 있는 나도 위험해질 것 아니오?"

꾹 말아 쥔 소윤의 양 주먹을 손가락으로 가리킨 무명이 말을 이었다.

"그 주먹에 맞아도 아픈데, 무공을 활용해서 때린다? 허허! 차라리 나보고 죽으라 하시오."

"내 성격이 어때서!"

"괴팍하고, 조심성 없고, 말보다 주먹이 먼저 나가지 않소? 이 세상에 소윤의 성격을 온전히 받아줄 남자가 몇이나 있겠소?"

가차 없는 무명의 말에 소윤은 입술을 잘근잘근 씹으면서도 뭐라 반박하지 못했다. 무명은 여태껏 소윤과 함께하며 소윤의 볼 꼴, 못 볼 꼴을 다 보지 않았는가. 감히 아니라고 할 수 없었던 것이다.

"그래도 무명은 잘 있었잖아요, 나랑!"

"그야 나는 넓은 마음씨와 소윤을 감당할 힘과 속도를 지니고 있기 때문이지 않겠소?"

"그럼, 난 무명 같은 사람을 만나면 되는거 아니에요!?"

소윤의 말에 무명이 같잖다는 듯 여유로운 미소와 함께 고개를 저었다.

"이 세상에 나같은 남자가 흔한 것 같소?"

"그럼 난 어떻게 해요?"

"그야……."

정말로 궁금하다는 듯 묻는 소윤의 말에 무명이 말끝을 흐리며 소윤을 바라봤다. 대화의 흐름이 이상하게 흐르기 시작했다. 소윤을 감당할 수 있는 남자는 자신과 같은 남자 밖에 없다 해놓고, 자신과 같은 남자는 흔치 않다고 말했다.

그럼 결국 소윤은 무명밖에는 만날 남자가 없다는 뜻이 되었다.

그 말은…….

소윤이 조심스럽게 무명을 바라보자 무명이 천천히 소윤에게 다가갔다.

"그러니 소윤이 달리 뭘 할 수 있겠소?"

은근한 표정으로 다가온 무명의 얼굴에 소윤이 얼굴을 붉히자 무명이 조용히 속삭였다.

"평생 독신으로 살아야 하지 않겠소."

퍽—!

"으악!"

인간의 두개골과 코뼈의 강도 차이를 시험해보려는 것일까. 소윤은 가차 없이 무명의 코를 자신의 이마로 들이박

앗다. 과거, 자신을 괴롭히던 소년들에게 써먹던 방법을 성인이 되어서도 쓸 줄은 몰랐지만, 예나 지금이나 변함없는 결과에 만족한 소윤이 신형을 획 돌렸다.

"흥!"

아찔한 고통에 코를 매만지던 무명이 멀어져 가는 소윤의 뒷모습을 보며 이를 바득바득 갈았다.

"진실을 말하면 고통 받는 세상이라니!"

반사적으로 고개를 뒤로 젖히지 않았다면 코가 주저앉았을 것이다.

자신의 자랑 중 하나인 오뚝한 콧날이 무너지지 않은 것에 안도하며 코를 매만진 무명은 멀어지는 소윤의 뒤를 바라보며 중얼거렸다.

"남자로, 무인으로 태어나지 않음을 하늘에 감사드려야지. 어우. 저 성격에 마교에서 태어났으면, 필시 천마가 되었을 것이다."

아무런 죄책감도 없이 당당하게 걸어 나가는 소윤을 보며 무명은 치를 떨었다.

"그래서 나 안 가르쳐줄 거예요?"

객잔에 자리를 잡은 소윤이 저녁거리로 남은 음식을 오물거리며 묻자 날계란을 빙글빙글 돌리며 코를 돌보던 무명이 눈매를 가늘게 떴다.

"왜, 이번엔 내력을 담아 때릴 셈이요?"

"아니, 그런게 아니라! 화산파에서 있었던 것처럼 무명

이 자신의 본분을 잊고 내가 위험해지면 나라도 내 몸을
지킬 수 있어야죠!"

"꿈 깨시오. 손발을 자유로이 할 때부터 검을 쥐던 자들
에게 지금 깨작거리면서 배운 무공이 통할 것 같소? 괜히
어쭙잖게 배웠다간 목숨을 잃기 십상이요."

"그러다 죽는게 낫지! 내가 몹쓸 짓이라도 당하면 어떻
게 해요!?"

소윤의 외침에 무명이 천천히 소윤을 위아래로 훑어보았
다.

"그럴 일은… 없을……."

오른손으로 젓가락을 강하게 말아 쥔 소윤이 무명을 향
해 살벌하게 물었다.

"저기, 무명. 왜 젓가락이 두개인줄 알아요?"

"왜… 왜요?"

"사람의 눈알이 두개이기 때문이에요."

처음이었다.

무명은 장담할 수 있었다. 자신이 태어난 이래로 가장 큰
소름을 느낀 순간이라고.

꿀꺽―

"리가 없죠! 소윤처럼 예쁘…고 아름다운 절세의 가인
은… 몸을 조심하셔야죠."

"에이~ 난 또 잘못 받아드릴 뻔했잖아요."

"하하. 이래서 사람의 말은 끝까지 들어봐야 한다고 하

216

잖소. 하하……."

살며시 젓가락을 내려놓으며 웃는 소윤의 모습에 무명이 이마에 흐르는 식은땀을 닦았다.

"아무튼, 나도 가르쳐줘요. 무공."

"근데 한가지 문제가 있소."

"문제?"

"일단 소윤은 나이가 너무 많소. 기혈이 모두 닫혔을 것이오. 무공은 내공이 바탕이 되어야 하는데, 내공은 이곳 단전에서 만들어지게 되오. 하지만, 소윤은 단전을 만들 수 없소."

"그럼 어떻게 해요?"

어찌하냐는 소윤의 물음에 무명이 양 어깨를 으쓱이며 말했다.

"뭐, 두가지 방법이 있소. 한가지는 외공을 익히는 것. 다른 한가지는 그냥 현실에 순응하며 사는 것이오."

"외공을… 익힌다고요?"

"조금 근육이 붙겠지만, 오히려 근육이 붙은 모습이 소윤에겐 더 잘 어울릴지도 모르오."

"뭐요!?"

자신의 객실로 돌아와 자리에 앉은 무명이 세상을 모두 잃은 것 같은 표정을 지었다. 그의 목에는 노란빛의 호각이 달려 있었는데, 소윤이 시장에서 사온 물건이었다. 이 호각은 소윤이 가지고 있는 호각과 한쌍이었다. 이 한쌍의 호각은 다른 호각들과는 다른 소리를 낼 수 있었다.

소윤이 언제든 위험에 처하면 호각을 불어 위치를 알리겠다며 산 것인데, 소윤이 호각을 불면 십초 이내에 무명도 호각을 불어야 했다.

"이것이… 개 목줄과 뭐가 다르단 말인가……."

당연히 무명은 필사적으로 저항하며 호각을 목에 걸지 않으려 했다. 하지만 그럴 수 없었다. 왜냐하면 소윤이 숟가락을 들어올리며 '숟가락이 왜 하나인지 알아요?'라고 시작하는 입에 담을 수도 없는 말을 꺼냈기 때문이다.

"하아……."

그의 한숨은 좀 더 길고, 깊어져만 갔다.

* * *

신수운과의 만남이 기대와는 달리 썩 좋지 않은 기억을 남긴 채 끝이 난 후, 주유성을 새로운 목표로 삼게 된 무명의 하루는 그 어느 때보다 바빴다.

"흠. 누이는 따로 없이 남동생만 있군."

같은 실수를 반복하지 않도록 주유성의 주변 인물들을 정리하던 무명은 자신이 써내려간 명부를 유심히 살폈다. 그때 홀로 객실에서 몸을 꼼지락거리던 소윤이 지루함이 그득한 얼굴로 무명의 객실을 찾았다.

"뭐 해요?"

무엇인가를 열심히 적고 있는 무명을 향해 다가간 소윤은 그의 손에서 유려한 움직임을 맘껏 뽐내는 붓을 보며 작게 감탄했다.

"글 쓰는 데에 재주가 있을 줄은 몰랐네요."

"자고로 실력 있는 낭인이란 뭐든 잘해야 하는 법. 이 정도는 눈 감고도 할 수 있소."

허세가 가득 담긴 무명의 말을 가볍게 무시한 소윤은 그가 써내려간 명부를 바라보며 고개를 갸웃거렸다.

"명부…예요? 생긴게 마치 살생부 같네요. 그 살수라는 사람들이 쓰는거 있잖아요."

아무렇지 않게 내뱉어진 소윤의 말은 무명의 몸을 얼어붙게 했다.

살생부.

인지하지 못했다. 그저 습관처럼 써내려간 명부를 처음부터 다시 살피던 무명은 소윤의 말처럼 자신이 만들어낸 명부가 소윤의 말처럼 살생부 같다는 것을 깨달았다.

아니, 그건 과거의 자신이 늘 만들곤 했던 살생부가 맞았다.

이름부터 나이, 외양, 특징, 주변 관계부터 사용하는 무공이 있는지까지.

주유성에 대한 것을 적으려고 시작된 명부는 살생부로 완성되었다.

"어? 왜 찢어요? 잘 만든 것 같은데."

기껏 만든 명부를 손으로 잡아 찢는 무명을 향해 소윤이 아쉽다는 듯한 표정을 지었다. 그러자 자리를 박차고 일어선 무명이 특유의 잔망스러운 미소를 지었다.

"역시 직접 부딪쳐보는 것이 가장 좋지 않겠소?"

"그럼 이번에도 홍환상단으로 찾아가는 건가요?"

"그렇소. 자고로 인간관계는 직접 부딪쳐보지 못하면 알 수 없는 법이요. 신수운에게 그런 여동생이 있을 거라 누가 생각했겠소?"

"그런데 우린 명분이 없잖아요?"

"흠."

소윤의 말처럼 무명과 그녀가 홍환상단을 찾아갈 명분이 없었다. 살것도 없었고, 물건을 팔것도 없었다. 게다가 홍환상단은 개인은 상대하지 않는 거대한 상단 조합이라 할 수 있었다. 지위도, 돈도 가진 것 없는 무명과 소윤을 홍환상단이 맞이할 이유가 없었다.

턱을 쓰다듬으며 고민에 빠진 무명의 어깨를 툭툭 건드린 소윤이 웃으며 말했다.

"일단 점심부터 해결하죠. 배고플 시간이잖아요."

"좋은 생각이요."

밥 생각에 절로 기분이 좋아진 무명은 소윤과 함께 식당으로 내려가며 콧노래를 흥얼거렸다.

'음?'

경쾌한 발걸음으로 식당을 향해 내려가던 무명은 앞서 걸어가는 소윤의 뒤통수를 응시하며 이상한 기분에 휩싸였다.

'어느새부턴가…….'

공복감을 거의 느끼지 않았다. 하루에 다섯끼는 챙겨줘야 조금의 공복감도 느끼지 않는 남자가 바로 무명, 자기 자신이 아니던가. 그런데 어느 순간부터 공복감을 언제 느꼈는지 알 수가 없었다.

물론, 그 이유를 멀리서 찾을 필요는 없었다. 그의 앞에서 사뿐사뿐한 발걸음으로 계단을 내려가고 있는 소윤은 무명이 공복감을 느끼는 시기를 귀신같이 알아차렸다. 그 덕에 무명은 공복감을 느낄 새가 없었다.

'귀신이 곡할 노릇이로군. 내가 배고플 시기를 어쩜 이렇게 잘 알고 있는 거지?'

소윤을 귀신 보듯이 바라보는 무명과는 달리 소윤은 익숙한 듯 자리에 앉아 점소이를 통해 음식을 주문했다. 그녀는 자신의 맞은편에 앉아 어린아이처럼 순수한 얼굴로 음식을 기다리는 무명을 흐뭇하게 바라봤다.

'밥이라도 잘 먹여야지. 배고픈 거 싫어할 텐데.'

걸신들린 사람처럼 음식에 대한 지대한 집착을 보이는 무명을 위해 소윤은 그가 배고프지 않도록 식사 시간만큼은 철저하게 지켰다. 게다가 하루에 두끼만 챙겨도 충분한 자신과는 달리 다섯끼는 챙겨줘야 만족하는 무명을 위해 예정에도 없는 식사를 하곤 했다.

이 모든 것은 두달여를 굶어 죽을 뻔한 무명에게 배고픔을 느끼지 않도록 하기 위한 소윤의 배려였다.

이를 아는지 모르는지 식탁을 가득 채우는 오색찬란한 음식들의 향연에 무명은 쉴 새 없이 양손을 놀리며 음식들을 먹어치우기 시작했다.

"어쩜 저렇게 한결같을 수가 있을까."

"뭐라고 했소?"

"아니에요. 많이 드세요."

어떤 음식이든 맛있게 그리고 많이 먹는 무명의 모습은 배부른 사람도 젓가락을 들게 했다.

"먹이는 재미가 있단 말이지."

밥을 먹이는 재미가 있는 무명을 흐뭇하게 바라보던 소윤은 배에서 느껴지는 공복감에 자신도 젓가락을 들어 음식을 집어 삼켰다. 조금만 게으리 움직이면 음식들이 모두 동나버린다는 것을 잘 알고 있었기에 소윤의 식사 속도는 예전보다 빨라져 있었다.

즐거운 식사를 마치고 입가심을 겸해 차를 마시던 무명은 만족스러운 듯 배를 두들겼다.

"오늘 날씨가 참 좋네요."

"그렇소. 산보 나가기 딱 좋은 날씨구려."

창가 너머로 비친 하늘은 청평하기 그지없었다.

몇 점 없는 구름은 유유히 하늘을 유영하고 있었고, 푸르른 하늘은 보는 이로 하여금 가슴이 뻥 뚫리는 청량감을 선사했다.

찬란한 햇빛이 밝게 빛나는 가을하늘은 사람들의 기분을 즐겁게 했고, 이는 소윤과 무명도 마찬가지였다.

"좋다……."

턱을 괸 채 하늘을 올려다보던 소윤은 한껏 느껴지는 여유로움에 기분이 좋았다.

본래라면 어떻게든 좋은 남편감을 찾아야 한다는 생각과 매해 나이를 먹어가는 자신에 대한 조급함이 마음에 여유를 두지 못하게 했지만, 지금은 달랐다.

초행길에 대한 막연한 두려움은 어느새 희미하게 옅어졌고, 의외로 무명과 함께 하는 중원 유랑은 꽤나 즐거웠다. 비록 화산파에서 안 좋은 기억들이 생겼지만 그것 역시 무명 덕에 그다지 나쁘지 않은 추억이 되었다.

"고마워요. 덕분에……."

머뭇거리며 수줍게 자신의 마음을 고백한 소윤은 자신의 앞에 앉아 있는 무명이 다른 곳에 시선을 두고 있는 모습에 입술을 삐죽 내밀었다.

"뭐예요. 기껏 고맙다는 인사를 하고 있었는데."

"아. 뭐라고 하셨소?"

그제야 눈을 마주하는 무명을 향해 소윤이 손사래를 쳤다.

"됐어요."

"미안하오. 저쪽에서 홍환상단에 대한 이야기가 들려와서 말이오."

"홍환상단에 대한 이야기요?"

무명이 시선이 닿은 곳을 향해 소윤이 고개를 돌렸다. 그곳에는 농부로 보이는 중년인 다섯명이서 탁자에 둘러앉아 이런저런 얘기를 나누고 있었다. 객잔 안이 소란스러운데다가 농부들의 거리가 소윤이 있는 곳과는 꽤나 멀리 있어서 그들이 나누는 대화가 소윤에게는 전혀 들리지 않았다.

"저 거리에서 나누는 대화가 들려요?"

"하하. 나는 무인이지 않소? 이 정도는 기본이요, 기본!"

팔짱을 끼며 어깨를 으스대는 무명의 허세 가득한 모습에 소윤이 고개를 절레절레 저었다.

"그래서 무슨 얘기를 나누고 있는 건데요?"

"흠. 우리와는 관련 없는 얘기요. 듣자 하니 홍환상단에서 새로운 숙수를 구하고 있는 모양이오. 아무래도 주유성의 남동생이 어느 순간부터 음식을 입에도 대지 않고 있다고 하는걸 보니……."

"신수운도 그렇고 주유성도 그렇고 잘난 남자들 곁에는 항상 문제가 따르네요."

"이번엔 경우가 조금 다른 것 같소. 약 이년 전 홍환상단 주인 주공유의 아내였던 이선이라는 여인이 병마를 이겨

224

내지 못하고 세상을 떠났다고 들었소. 그때의 충격이었는지 주유성의 동생인 주유청은 음식을 거의 입에 대지 않았다고 하오."

"아아……."

어머니의 죽음 이후 주유청은 음식을 입에 대지 않고 있었다.

아내를 잃고 아들마저 잃을 수 없었던 주공유는 억지로라도 주유청에게 음식을 먹이곤 했지만 그럴 때마다 주유청은 먹었던 음식을 게워내며 고통스러워했다. 할 수 없이 탕약과 미음으로 주유청의 삶을 힘겹게 연명하고 있었으나 그것도 얼마 남지 않은 모양이었다.

"이름난 숙수들을 모아 음식들을 만들어봤지만 숙수들이 만든 특식으로도 주유청의 입을 열 순 없었던 것 같소."

"그런데 왜 숙수들을 구하고 있는 거죠?"

"지푸라기라도 잡는 심정으로 중원 전역에서 숙수들을 긁어모으고 있는 거요. 어쩌면 그들 중에서 주유청의 입을 열 수 있는 자가 있을 수도 있으니 말이오."

"그렇군요. 안타깝네요."

소윤의 얼굴이 눈에 띄게 어두워졌다. 부모를 잃은 슬픔을 누구보다 잘 알고 있었기 때문일까. 슬픔으로 얼룩진 소윤의 얼굴만큼 무명의 얼굴에 내려앉은 그림자는 더욱 짙어졌다.

"당분간은 홍환상단에 갈 수 없겠네요."

"그럴 것 같소."

분위기를 환기시키려 입을 뗀 소윤은 식탁 위에서 손가락을 꾸물거렸다. 그때 자리에서 일어선 무명이 약간은 부끄러운 얼굴로 창밖을 바라보며 말했다.

"산보… 나가지 않겠소? 날도 좋으니."

"좋아요."

거절할 이유가 없었기에 소윤은 자리에서 일어나 무명과 함께 객잔을 빠져나갔다.

창밖에서 내다본 하늘은 매우 청명했는데 직접 올려다본 하늘은 더욱 푸르렀다. 선선하게 불어오는 가을바람을 맞이하며 무명과 소윤은 천천히 그리고 나란히 가을 하늘을 걸었다.

* * *

"뭐라고 하셨소?"

"그게… 저희 객잔의 숙수가 홍환상단으로 가는 바람에……."

"다른 숙수는 없는 것이오?"

"주변에 이름난 숙수들을 죄다 홍환상단으로 달려갔을 겁니다. 경력과 지위와는 상관없이 어떠한 이들이든 지원할 수 있으니 말이오."

덥석—!

226

양쪽 어깨를 무명에게 붙잡힌 객잔 주인이 몸을 바들바들 떨었다.

무명의 싸늘한 눈빛을 평범한 범인이 견딜 수 있을 리가 없었다.

"요, 용서해주시오!"

"뭐하는 거예요!"

따악!

경쾌한 타격음과 함께 무명의 얼굴이 보기 좋게 일그러졌다. 그는 객잔 주인을 붙잡고 있던 손으로 자신의 머리를 쥐고는 신형을 홱 돌렸다. 그곳엔 앙칼진 표정으로 주먹을 쥐고 있는 소윤이 불만 어린 표정으로 서 있었다.

"숙수가 없는게 이분 잘못은 아니잖아요!"

"큰일 났소, 소윤!"

"뭐, 뭐가요?"

슬픔이었다.

보는 이로 하여금 눈물을 쏟아낼 만큼 슬픈 얼굴로 무명이 소윤의 어깨를 부여잡았다. 떨리는 그의 손끝에 소윤의 표정이 심각해졌다.

'설마 내가 모르는 사연이 더 있는 건가?'

혹시 객잔 주인과 무명 사이에 자신이 알지 못하는 사연이 있는 것은 아닐까. 자신이 너무 성급했던 걸까? 생각하던 소윤은 조심스럽게 손을 뻗어 무명의 손등에 자신의 손을 포갰다.

"무슨 일이라도 있는 거예요?"

조심스럽게 물어오는 소윤을 향해 무명이 고개를 숙였다.

"말해봐요. 내가 모르는 일이라도 있는 거예요?"

"…요."

"뭐라고요?"

"배… 숙… 없소."

"크게 말해봐요."

"배가 고픈데 요리를 할 숙수가 없소!"

"야!"

무명의 정강이를 발로 찬 소윤은 '그럼 그렇지'라 중얼거리며 씩씩댔다. 혹시나 심각한 일이 있는건 아닐까 하고 걱정하던 자신이 한심스럽게 느껴질 정도였다.

"그런 걸로 그렇게 슬픈 얼굴을 하고 있으면 어떻게 해요! 오해할 뻔했잖아요!"

"어떻게 슬프지 않을 수가 있소? 자칫하면 우린 굶을지도 모르오. 그렇게 오랫동안 산보를 했는데!"

"뭘 오래해요! 겨우 한시진밖에 안 걸었는데! 어휴, 정말…….."

음식에 대한 지대한 집착을 보이는 무명을 앞에 둔 소윤은 머리가 지끈거렸다.

'음식에 집착하는 것의 반이라도 호위 무사에 대한 열정을 보였음 얼마나 좋아.'

호위무사에 대한 본분보다 음식에 더욱 집착하는 무명의 모습이 상당히 얄미웠지만, 소윤은 그가 배고픔에 취약하다는 것을 누구보다 잘 알고 있었기 때문에 내쉬는 한숨과는 달리 몸은 빠릿빠릿하게 움직였다.

　"혹시 부엌을 좀 쓸 수 있을까요? 음식 값은 지불할게요."

　"괜찮습니다. 숙수가 없는 것은 저희 잘못이니까요."

　무명의 싸늘한 얼굴을 본 덕분일까. 객잔 주인은 소윤에게 부엌과 함께 약간의 식재료를 무상으로 제공했다.

　오랜만에 부엌에 서게 된 소윤은 소매를 걷으며 주변을 두리번거렸다.

　"오랜만이네."

　식칼을 손에 쥐자 옛 기억들과 함께 요리를 해왔던 감각들이 되살아났다. 소윤은 자신감이 붙었다.

　"뭘 만들어주든 잘 먹겠지."

　흙으로 빚은 만두도 음식이라면 맛있게 먹을 사람이 무명이었기에 소윤은 부담 없이 음식을 만들기 시작했다.

　한편 식당에 앉아 소윤을 기다리던 무명은 부엌에서 열심히 칼질을 하고 있는 소윤을 보며 섬뜩함을 느꼈다.

　"젓가락과 숟가락만으로도 사람을 그리 만든다고 협박하던데… 칼을 잡고는 무슨 말을 할는지……."

　몸을 부르르 떨던 무명은 얼마 뒤 소윤이 가져온 소면과 야채를 볶아 만든 음식을 내려다보았다. 처음 보는 모양새의 볶음이었다.

"아주 어릴 때 어머니가 해주신 야채 볶음이에요. 따로 부를 만한 이름은 없는 그런 음식이에요."

"먹어보겠소."

그동안 지켜본 소윤의 행동들을 미뤄봤을 때 그녀의 음식 솜씨는 믿음이 가지 않았지만, 그보다 더욱 두려운 것은 뱃속 깊은 곳에서 느껴지는 공복감이었다.

젓가락을 들어올린 무명이 야채 볶음을 한움큼 집어 입안에 밀어 넣었다.

"음?"

"어때요?"

기대 어린 표정의 소윤을 향해 무명이 놀란 얼굴로 말했다.

"맛있소. 괴팍하기 그지없고 남들 때릴 때나 사용되던 소윤의 손이 이렇게 맛있는 음식을 만들 줄은 상상도 하지 못…….."

단 한 젓가락밖에 먹지 못했거늘 소윤은 가차 없이 무명에게서 음식들을 빼앗았다. 눈앞에서 밥을 빼앗긴 무명은 입을 멍하니 벌릴 수밖에 없었다.

"어머. 제가 잘못 들었나요, 무명?"

싱글거리며 웃는 소윤의 양손에는 소면과 야채 볶음이 들려 있었다. 모락모락 김을 피워내는 야채 볶음에서 풍기는 냄새는 무명의 침샘을 자극했다.

게다가 이미 맛을 본 음식들이었기에 무명의 상실감과 고통은 더욱 컸다.

'어찌 세상은 내게 거짓을 강요하는가!'

망설이는 무명을 앞에 두고 그들과 마찬가지로 숙수가 없어 굶고 있는 사람들을 발견한 소윤이 그들을 향해 빙긋 웃었다.

"한번 드셔보시겠어요?"

"그, 그래도 되겠소?"

무명과 마찬가지로 같은 객잔에서 머물고 있던 손객들은 소윤의 제안이 솔깃할 수밖에 없었다. 야채 볶음에서 풍기는 냄새는 사람들의 이목을 집중시켰다.

그때 자리에서 벌떡 일어선 무명이 소윤의 앞으로 다가와 진중한 목소리로 입술을 뗐다.

"이렇게 곱고 아름다운 여인에게서 천상의 맛을 가진 음식들이 탄생할 줄은 생각지도 못했소. 그러니 내게 음식의 맛을 볼 수 있는 영광을 줄 수 있겠소? 소윤."

"아주 이럴 때만 아름답고 곱죠?"

"부탁이오."

"알았어요."

다시 음식을 되찾게 된 무명은 잃어버린 자식이라도 찾은 것처럼 음식들을 애지중지 품에 안으며 음식을 탐내던 다른 이들을 노려보았다. 그의 살벌한 눈빛에 기가 죽은 손객들이 입맛을 다시며 자리에 앉자 이를 지켜보던 객잔 주인이 소윤에게 살며시 다가왔다.

"혹시 굶고 있는 손님들을 위해 음식을 만들어줄 수 있겠습니까?"

"예?"

객잔 주인의 부탁에 소윤이 곤란하다는 표정을 짓자 객잔 주인이 소윤에게 바짝 다가섰다.

그 순간 반토막 난 검이 불쑥 튀어나와 소윤과 객잔 주인의 사이를 가로막았다.

"히익!"

놀란 객잔주인이 뒷걸음질했다. 그는 시선을 돌려 검의 주인을 찾았는데 그 검의 주인은 바로 무명이었다. 그는 오른손으로는 음식을 집고 있었고, 왼손으로는 검을 쥐고 있었다. 객잔 주인을 바라보는 무명의 시선이 심상치가 않았다.

"어휴. 다른 때나 잘하지 음식 만들어주니까 호위무사인 척하는 거예요?"

"흠흠. 아니오. 나는 언제까지나 소윤의 안전을 최우선으로……."

"입술에 묻은 거나 떼요. 어쨌든 제가 음식을 만들어주면 제게 뭘 해주실 거죠?"

"지금까지 묵으셨던 모든 객실 비용을 받지 않겠습니다."

"좋아요!"

거래는 꽤나 간단하게 끝을 맺었다.

안 그래도 돈이 점점 말라가던 소윤이었기에 거절할 이유가 없었고, 객실 비용을 아낄 수 있다는 생각에 망설일 필요가 없었다.

간만에 실력을 발휘하게 된 소윤은 그 뒤로 약 오십명분의 음식을 만들어야 했다. 객잔 주인은 고생했다며 소윤에게 객실 비용을 제외하고도 은자 두냥을 건네주었다.

"아휴. 죽겠다."

식탁에 고개를 박고 쓰러진 소윤의 옆으로 찻잔을 든 무명이 다가왔다.

"수고했소. 내가 여태껏 먹어본 음식 중에서 소윤의 음식이 가장 맛있었소."

"아부는 이제 안 해도 돼요."

"진심이오."

다른 때와는 달리 무명의 목소리가 진심임을 느낀 소윤이 고개를 들어 찻잔을 내미는 무명을 향해 고개를 끄덕였다.

"고마워요."

"그래서 말인데… 홍환상단으로 가보는 것이 어떻소?"

"제가요? 에이… 그곳엔 이름난 숙수들이 바글바글할 텐데 제가 어떻게 가요."

"저길 보시오. 이곳 객잔을 찾아온 손객들이 소윤의 음식을 먹으며 행복해하고 있소."

그의 말대로 객잔 식탁에 둘러앉은 손객들은 소윤이 만든 음식에 감탄하며 행복한 표정을 짓고 있었다. 이는 공복감을 해소했다는 기쁨을 넘어 음식 자체를 즐기고 있는 모습이었다.

"게다가 우승을 할 필요는 없지 않소? 우리의 목적은 주유성을 만나는 것이니."

"괜찮을까요?"

"나를 믿고."

손가락을 뻗어 소윤의 콧등을 살짝 찌른 무명이 장난스럽게 웃으며 말했다.

"소윤을 믿으시오."

마음을 움직이는 법

홍환상단이 개최한 요리 대회.

유명하고 부유한 상단이 개최한 대회이니만큼 참여자의
수는 셀 수 없이 많았다.

홍환상단이 마련한 드넓은 경연 장소에는 이름부터 유명
한 숙수부터 한 솜씨 한다는 아녀자까지 다양한 계층의 다
양한 요리사들이 한자리에 모여 있었다.

그중엔 한 사내와 여인도 함께였으니. 홍환상단에 도착
한 소윤과 무명이었다. 둘은 눈동자를 쉴 새 없이 움직이
며 커다란 상단의 높다란 위용에 감탄 중이었다.

"엄청… 크네요?"

"섬서에서도 알아주는 상단이지 않소? 이 정도 규모는 당연한 거요."

당연하다고 말하고 있는 것치고는 무명의 목소리가 살짝 떨렸다. 정보로만 습득했던 홍환상단을 직접 보니 입이 다물어지지 않았다.

두 남녀가 처음 보는 대상단의 중심부에서 감탄을 멈추지 못할 무렵 홍환상단의 상단주인 주공유가 직접 모습을 드러냈다.

그는 붉은색과 황금색이 조화롭게 꾸며진 기다란 장포를 입고 나타났다. 그리고 과연 대상단의 상단주다운 절도 있는 걸음으로 요리 경연에 참여한 숙수들을 향해 다가왔다.

"먼 곳에서부터 가까운 곳까지 우리 홍환상단이 내건 요리 경연대회에 참여하기 위하여 오신 모든 분들을 환영하오. 인원이 많은 관계로……."

꿀꺽—

주공유의 말에 모든 숙수의 시선이 집중되었다. 사실상 주공유의 한마디에 수십명의 숙수들이 짐을 싸들고 돌아가야 하는 상황이 벌어질 수도 있었기 때문이다.

이는 소윤과 무명도 마찬가지였다.

"조를 다섯개로 나누겠소."

"와아!"

그냥 봐도 엄청난 숫자의 요리사들이 환호성을 내질렀다. 사실 주공유 정도의 사람과 홍환상단 정도의 대상단이

라면 유명한 숙수를 제외한 요리사들의 심사를 거절할 만
한 자격이 충분했다.

하지만 주공유는 모든 요리사들에게 기회를 주었다. 그
들이 말했던 참가에 제한을 두지 않는다는 말을 지킨 셈이
다.

이 모습을 지켜보던 소윤이 두손을 맞잡으며 무명을 향
해 기쁜 표정을 지었다.

"다행이에요. 오늘 안에 객잔으로 돌아가진 않을 것 같
네요."

"아무래도 소윤에겐 더 좋은 기회인 것 같소."

"네? 왜요?"

"글쎄… 지켜보면 알 것이오."

기뻐하는 요리사들과는 달리 무명의 시선은 담담했다.
흔들리지 않고 곧은 빛을 내는 무명의 눈동자는 홍환상단
의 상단주 주공유에게 고정되었다.

'식재료와 모든 식기를 무상 제공한다… 혹시 모를 사태
를 미연에 방지할 생각이기도 하겠지만, 요리사들을 전부
심사하겠다는 것은 비단 뛰어나고 고급스러운 음식을 찾
는다는 뜻은 아닐 터.'

마냥 기뻐하는 요리사들 사이에서 무명만큼은 냉정하게
상황을 판단했다.

이렇게 많은 수의 요리사들을 심사하기 위해서는 그들의
숫자만큼이나 많은 돈이 들어갔다.

무심한 눈으로 상단주를 응시하고 있는 무명을 향해 소윤이 손을 뻗어 그의 옆구리를 찔렀다.

"제게 더 좋은 기회라는 게 무슨 말이에요. 혼자만 알기예요?"

쿡쿡 찌르는 소윤을 향해 무명이 턱을 쓰다듬으며 눈매를 좁혔다.

"홍환상단은 대상단이요. 주공유는 대상단의 주인이고."

"그건 그렇지만… 그게 왜요?"

"대상단의 주인이 쓸데없는 낭비를 하리라 생각하시오?"

"아니요."

고개를 절레절레 젓는 소윤은 여전히 어리둥절한듯했다. 그러자 무명이 말을 이었다.

"이렇게 많은 수의 요리사들을 전부 심사하려면 재료값부터 식기값까지 그리고 이들이 상단에 머무르는 동안 소모되는 식비… 이 모든 것을 홍환상단이 부담해야 하오. 대상단에서 아무 생각 없이 이렇게 큰 비용을 부담해야 하는 이유는 없소. 그럼에도 요리사의 수를 줄이지 못한다는 것은 그들이 찾는 요리가 마냥 맛있고 고급스러운 요리가 아니라는 뜻이오."

"아아……."

그제야 무명이 했던 말의 뜻을 눈치챈 소윤이 팔짱을 낀 채 고개를 끄덕였다.

"주유청의 입을 열게 할 음식을 찾는다는 뜻이군요. 홍환상단 같은 대상단에서도 찾지 못한 그 음식을 찾기 위해서 이 많은 요리사들을 불러들인 거구요."

"확률이라는 것은 수가 많을수록 높아지는 법이니……."

말끝을 흐리며 주변을 두리번거리는 무명을 말없이 올려다보던 소윤은 새삼 그가 다르게 보였다. 평소엔 바보 같았고, 끝없는 식탐에 놀라기도 했지만 지금처럼 그가 유식해보인 것은 처음이었다.

'하긴. 소은찬의 연회에서도 그랬지.'

무명은 다른 이들과는 조금 달랐다. 어떠한 상황에서도 냉철한 이성을 유지했고, 다른 이들은 보지 못한 것들을 보곤 했다. 마치 남들보다 높은 곳에서 상황을 내려다보고 있는 것만 같았다.

'역시 낭인이라서 그런가?'

이 모든 모습들이 무명이 낭인이라 가능한 일이라 생각한 소윤은 깊게 생각하지 않고 자신에게 주어진 기회를 최대한 잘 살리기 위해 머릿속으로 만들어야 할 음식들을 구상했다.

* * *

"세번째 조. 아무래도 우리 차례는 모레쯤에 올 것 같소. 그전까지 무슨 음식을 만들어야 할지 생각해보시오."

"알았어요."

홍환상단에서 준비한 숙소에서 음식을 구상하기 위해 자리에 앉은 소윤은 주변에 존재하는 유명한 숙수들을 보며 볼을 긁적였다.

이름만으로도 이미 유명세를 떨치고 있는 숙수들은 각자의 자리에서 만들어야 할 음식들을 구상 중이었다. 벌써 친분을 쌓은 몇몇의 요리사들은 두런두런 이야기를 나누며 모레쯤 있을 요리 경연대회에 선보일 음식들에 대한 의견들을 나누었다.

'당최 무슨 소리인지 들어도 모르겠네.'

간단한 가정식들 말고는 할 줄 아는 음식들이 없었던 소윤은 여기저기서 들려오는 이름도 생소한 음식들에 입술을 삐죽 내밀었다. 아무리 생각해도 이곳에 모인 요리사들과 자신은 전혀 어울리지 않는다는 생각 때문이다.

"혼자 오셨어요?"

그때 소윤의 곁으로 멀끔하게 차려입은 남자가 다가왔다. 또렷한 이목구비와 도자기를 빚어놓은 듯 깔끔하고 하얀 피부를 가진 스무살 중반쯤의 남자.

"아, 아니요."

"크흠!"

소윤에게서 스물 중반쯤의 남자가 다가와 말을 건네자

그녀의 뒤에 조용히 앉아 있던 무명이 헛기침을 했다. 그러자 남자가 양손을 맞대며 고개를 살짝 숙였다.

"아, 죄송해요. 계신 줄 몰랐네요."

"괜찮소. 무릇 나와 같은 수준급 실력을 가진 낭인들은 마음만 먹으면 누구의 눈에도 띄지 않을 수 있으니 이건 그대의 잘못이 아니오."

"그렇군요."

감탄하며 웃는 남자와 그의 반응이 마음에 든다는 듯 흐뭇한 미소를 짓는 무명을 번갈아보던 소윤은 고개를 돌렸다.

"으휴."

들릴 듯 말 듯한 작은 한숨을 내쉰 소윤의 곁에 다가온 남자는 힘없는 얼굴의 소윤을 향해 부드럽게 말을 건넸다.

"무슨 걱정이라도 있나요?"

"걱정이라면… 경쟁자들의 수준이 너무 높다는 것 하나가 있네요."

"사실 이건 누구에게도 알려주지 않은 특급 정보인데 소저에게만 알려드릴게요."

"네?"

특급 정보라는 말에 놀란 듯 눈을 끔벅이는 소윤을 향해 남자가 바짝 다가서자 무명이 허리춤에 손을 올리며 은근한 살기를 끌어올렸다. 살기에 민감한 사람이라면 반응을 보일 테고, 그렇지 않으면 알아차릴 수도 없을 만큼 은밀한 살의.

남자는 무명의 살의를 알아채지 못한 듯 소윤의 옆에 앉아 작게 속삭였다.

"이번 요리 경연대회가 왜 열리는지는 알고 계신가요?"

"그건… 주유청과 관련 있는게 아닌가요?"

"아, 알고 계시군요."

"설마 이게 특급 정보인가요?"

"하하. 아닙니다. 그렇게 실망스러운 표정으로 바라보실 필요 없어요."

"제가 그랬나요?"

손을 들어 제 얼굴을 매만지던 소윤은 싱글거리는 남자를 응시했다.

'잘생겼네.'

사람 좋은 웃음을 지어 보이는 남자는 상당히 잘생긴 외모를 지니고 있었다. 게다가 피부는 자신은 물론이요, 웬만한 여인보다 고왔다.

'이 정도면 추미혜와 견줄 만도 한데.'

자신이 아는 여 인중 가장 고운 피부를 가진 추미혜와도 견줄 법한 도자기 피부를 가진 남자를 보며 소리 없이 감탄하는 소윤. 그런 소윤을 향해 싱글거리며 웃던 남자는 손을 들어 입을 가린 뒤 다시 한번 작게 속삭였다.

"주유청이 금식을 하게 된것은 어머니가 돌아가신 후입니다. 그렇담 그의 입을 열기 위해서는 어떻게 해야 할까요?"

"어머니가 돌아가신 이후··· 혹시 어머니의 손길이 그리워서 음식을 먹지 못하는 건가요?"

"와아! 정답이에요. 주유청의 어머니는 음식 솜씨가 그리 좋지 않았다고 해요. 그래서 할 수 있는 요리도 별로 없었고, 간단한 음식들만 겨우 할 수 있다고 했죠."

"그래서 지금까지 홍환상단이 데려왔던 유명한 숙수들의 화려한 음식들이 주유청의 입을 열지 못한 거군요?"

주유청이 화려하고 맛깔스러운 음식들을 눈앞에 두고도 금식을 고집했던 이유를 알아차린 소윤을 향해 남자는 기특하다는 듯 고개를 상하로 휘저었다.

"그러니 주눅들 필요 없어요. 어쩌면 경연 대회의 우승 후보는 다름 아닌 당신일지도 모르니까요."

'어쩌면'이라는 생각이 소윤을 미소 짓게 했다. 뭐 하나 제대로 내세울 것 없었던 자신이 홍환상단이라는 대상단이 개최한 요리 경연대회에서 우승할지도 모른다는 생각에 소윤은 기분이 매우 좋았다. 그러나 그녀의 기쁨은 오래가지 않았고, 그 자리엔 의구심이 차올랐다.

"그런데 왜 이런 정보를 제게 주시는 거죠? 경쟁자를 만들어봤자 좋을게 없을 텐데······."

"소저는 제 경쟁자가 아니니까요."

"그런···가요?"

자리에서 슥— 일어선 남자는 손을 내밀어 악수를 청했

다.

"제 이름은 강찬입니다. 주유청의 숙부인 주백람님의 지인이죠. 하하."

"아아…….

주공유의 동생이자 주유청의 숙부인 주백람의 지인이라고 자신을 소개한 강찬을 향해 소윤이 마주 일어섰다.

그제야 강찬이 주유청의 속사정을 어떻게 알고 있었는지 알게 되었지만, 소윤은 여전히 의아함이 가시지 않은 얼굴을 하고 있었다. 이를 알아챈 강찬이 손을 재차 내밀어 악수를 청했다.

그러자 소윤이 그의 손을 맞잡으며 악수를 나눴다.

"꼭 우승하시길 바랍니다. 양 소저."

"예?"

"이곳에 오래 있을 수가 없어서요. 그럼."

특유의 미소를 남기며 강찬이 뒤돌아 숙소를 떠나자 소윤은 강찬과 악수를 나눴던 손을 내려다보았다. 그때 자리에서 일어난 무명이 능글맞은 표정을 지으며 다가왔다.

"흠. 굳이 주유성을 만날 필요는 없을 것 같은데. 이참에 강찬이라는 사내를 만나보시는 게 어떻소?"

"그런 의미가 아니에요."

손을 내린 소윤이 표독스럽게 눈매를 좁혔다.

"보아하니 소윤은 꽤나 빠르게 사랑에 빠지는 것 같소?"

"그런게 아니라니까요!"

"그럼 왜 그렇게 아련한 얼굴을 하고 있는 것이오?"

"남자 손치고는… 곱다. 라는 생각을 하고 있었어요."

"흐음? 이제는 남자도 질투하는 것이오? 소윤! 아무리 자신이 갖지 못한 것을 여인도 아닌 사내가 갖고 있다고 하여도 그렇게 질투를 하는 것은 좋지 않… 으악!"

이제는 익숙해질 법도 했건만, 정강이에서 느껴지는 얼얼함에 무명은 눈물을 찔끔거렸다.

"흥!"

낭창한 발걸음으로 소윤이 숙소를 빠져나간 후, 홀로 남겨진 무명은 무심한 얼굴로 허리춤에 손을 올려 반토막 난 검을 매만졌다.

"에휴!"

숙소를 빠져나와 드넓은 홍환상단을 거닐던 소윤은 다시 한번 손을 들어 강찬과 나눴던 악수를 떠올렸다.

"남자손이 되게 곱네. 치…….."

피부만 고운 것이 아니라 손까지 고운 강찬을 떠올리며 툴툴거리는 소윤을 향해 익숙한 얼굴들이 다가왔다.

"양소윤?"

"추미혜?"

상반된 표정의 두사람은 서로를 보며 고개를 갸웃거렸다.

"네가 왜?"

"네가 왜?"

둘은 동시가 같은 질문을 던졌다.

추홍상단의 추미혜가 왜 홍환상단에 있는 걸까?

양가장의 양소윤이 왜 홍환상단에 있는 걸까?

잠깐의 정적 이후 먼저 말을 꺼낸 쪽은 추미혜였다.

"홍환상단과 추홍상단은 긴밀한 관계를 가지고 있는 상단이야. 두 곳 모두 한 지역을 대표하는 상단이라 할 수 있으니까. 그래서 가끔씩 찾아오는 곳인데… 너는 왜 이곳에 와 있는 거야?"

"나는…….."

머뭇거리며 쉽사리 대답하지 못하는 소윤을 향해 추미혜가 손으로 입을 가리며 설마 하는 표정을 지었다.

"호호호! 아서라… 홍환상단에서 개최한 요리 경연대회는 이름만 들어도 알아줄 법한 숙수들이 자신들의 실력을 경연하는 곳이야. 이런 곳에서 네가 요리를 선보인다고? 호호호! 고향 친구로서의 조언이니 망신당하지 말고 돌아가."

"높은 나무 위에 열려 있는 열매가 맛이 있는지 없는지는 먹어봐야 알 수 있는 법이야."

"그게 무슨 말이야?"

"아, 아무튼 대결은 해봐야 아는 거야."

평소와는 달리 자신을 두고 목소리를 높이는 소윤을 향해 천천히 다가간 추미혜의 붉은 입술이 부드럽게 열렸다.

"그럼 내기할까?"

"좋아! 내기해!"

"호호. 좋아! 네가 만약에 경연 대회에 우승하게 되면 내가 네 소원을 들어줄게. 그게 무엇이든 내 능력 안에서 말이야. 하지만 네가 진다면 네 호위무사를 내게 넘겨."

"뭐, 뭐라고!?"

"그… 이름이 뭐였더라… 아! 무명이라는 호위무사를 내게 넘기라고."

"싫어."

"뭐?"

"무명을 두고 내기하지 않을 거야. 이길 자신도 없고, 무명을 넘기고 싶지도 않아."

목소리를 높이며 자신감을 내비추던 소윤이 무명을 넘기라는 말을 듣자마자 고개를 저으며 내기를 거부했다.

예상외의 반응에 당황한 쪽은 추미혜였다.

"언제는 이길 것처럼 굴더니 그 쓸모없는 호위무사가 네게 그렇게 중요해?"

"비록 무명이 뛰어난 무공 실력을 가진 것도 아니고, 넘치는 식탐 때문에 늘 돈이 부족하고, 겁도 많고, 잔소리는 어찌나 많은지… 생각해보니까 이건 호위무사가 아니라 짐덩이잖아."

무명에 대해 털어놓던 소윤이 팔짱을 낀 채 불만을 털어놓고 있을 무렵, 추미혜의 시선이 소윤에게서 그녀의 뒤로 향했다.

"어쨌든 안 돼… 나는 사람을 두고 내기를 하지…
않…… ."

어깨를 으쓱이는 추미혜의 행동에 놀란 소윤이 뒤를 돌
아보았다. 그곳엔 언제 왔는지 모를 무명이 고개를 푹 숙
인 채 발끝으로 애꿎은 땅을 파내고 있었다.

"무명!? 언제 왔어요?"

"정확히 말하자면 '비록 무명이 뛰어난 무공실력을 가진
것도 아니고, 넘치는 식탐 때문에 늘 돈이 부족하고'부터
와 있었소."

"그, 그건 사실이잖아요!"

"나에 대한 소윤의 생각은 잘 알았소. 휴우. 그대의 말처
럼 나는 더 이상 소윤의 짐덩이로는 살 수 없소. 그러니 이
만 내 자리를 찾아가겠소."

쓸쓸한 발걸음으로 추미혜의 곁으로 다가간 무명이 자연
스럽게 단명의 옆에 섰다.

마치 추미혜의 호위 무사처럼 그녀의 곁에 서는 무명을
향해 소윤이 얼굴을 굳혔다.

"돌아와요, 무명."

싸늘한 소윤의 시선을 무명이 애써 무시했다. 그러자 추
미혜가 무명의 팔을 자신의 손으로 천천히 쓸어내리며 매
혹적인 미소를 띠었다.

"이런… 내기는 하지도 않았는데 내가 이겨버렸네?"

"무명! 낭인은 신뢰가 생명이라더니 이렇게 계약을 위반하는 거예요?!"

날카로운 소윤의 지적에 무명이 할 수 없이 소윤을 향해 발걸음을 떼자 추미혜가 얼른 떠나가는 무명을 붙잡았다.

"소윤이 지불한 금액이 얼마이든 제가 두배로 드리죠. 그리고 원하시는 음식이 있으면 뭐든 먹게 해드릴게요. 저 돈 많아요."

"흐음."

소윤을 향해 걸어가던 무명이 제자리에 멈춰 섰다.

'치사하게 먹을 걸로!'

무명이 가진 최대의 약점을 공략하는 추미혜를 얄밉다는 듯 바라보던 소윤은 손톱을 물어뜯으며 고민에 빠졌다.

"윽!"

그때 손톱을 너무 깊게 깨문 탓일까. 손톱에서 피가 흐르기 시작한 소윤은 자신의 엄지 끝에서 몽글몽글 새어나오는 핏물을 보고는 제자리에서 쓰러졌다. 이를 발견한 무명의 신형이 바람과 같이 움직였다.

"소윤!"

혼절하여 바닥에 쓰러지는 소윤을 아슬아슬하게 품에 안은 무명은 지체 없이 그녀를 업고 숙소로 달려갔다.

멀어져 가는 무명과 소윤을 바라보던 단명은 아쉬워하는 추미혜를 향해 궁금하다는 듯 물었다.

"아가씨께서는 왜 무명이라는 자를 거두려 한 겁니까?"

"질투하는 거야?"

"무명이라는 호위무사를 원한 것은 그가 필요해서가 아니라 양 소저 때문이 아닙니까?"

"맞아. 참 이상한 일이지? 난 양소윤보다 예쁘고, 몸매도 좋고, 집안도 좋지만… 이상하게도 사람들은 결국 양소윤의 곁에 머무르더라고. 그게 남자든 여자든… 누구든 말이야."

"그건…….”

"알고 있어. 그건 어릴 때의 기억이라는 것을. 하지만 그래서 그런지 양소윤의 것을 빼앗는 것만큼 재미있는 게 또 없거든. 그래서 그런 거니까 질투하지 말라고, 단명. 내 호위무사는 너 하나뿐이니까."

"예."

고개를 숙이며 답한 단명의 시선에 무명이 서 있던 자리가 눈에 들어왔다.

'저건…….'

엄청난 속도와 비견될 정도로 멀쩡한 땅바닥. 방금 전 무명이 보였던 움직임은 단명 자신조차 쉽게 따라할 수 없을 정도로 빨랐다. 그런데 그가 서 있던 땅바닥엔 발로 디딘 자국조차 존재하지 않았으니, 단명은 무명에 대한 자신의 생각을 고쳐야 할 필요성을 느꼈다.

'눈여겨볼 자로군.'

한편 숙소로 돌아와 소윤을 자리에 눕힌 무명이 전전긍
긍하며 앉아 있자 눈을 감고 있던 소윤은 내심 통쾌함을
느꼈다. 원래대로라면 지금쯤 살며시 눈을 뜨고 놀란 무명
을 안심시킬 생각이었지만, 추미혜에게 마음이 흔들렸던
무명이 괘씸했던 소윤은 조금 더 눈을 감고 있기로 했다.

이를 아는지 모르는지 무명은 소윤을 제 무릎에 눕힌 채
로 주먹을 강하게 말아 쥐었다.

'피를 보면 기절하는 그대를… 난……'

말없이 눈을 감은 무명의 몸이 아주 미세하게 떨렸다.

* * *

다음 날. 두 번째 조가 예정보다 빨리 끝나는 바람에 세
번째 조의 경연이 시작되었다.

"자. 힘내요, 우리!"

"그럽시다!"

지은 죄가 있었기에 무명은 추가금 없이 소윤의 보조 숙
수가 되어 경연대회에 나섰다. 복장을 갖춘 두 남녀는 이
름난 숙수들 사이로 당당히 걸었다.

마음이 닫힌 이유

　타다다닥—!

　칼이 춤을 추듯 움직였고, 싱싱한 식재료들이 모양에 맞
춰 잘려나가며 가지런히 놓였다.

　화르륵—!

　커다란 불꽃이 높게 치솟으며 익어가는 음식들에 향을
입혔다.

　무림고수의 손길처럼 빠르고 현란하게 움직이는 숙수들
의 손길에서 여러 음식들이 탄생했고, 이는 무명에게 고문
아닌 고문이었다.

　입을 떡 벌린 채 멍한 표정으로 주변을 두리번거리던 무

명은 입꼬리를 타고 흐르는 침을 꼴딱 삼켰다.

"자. 그럼 우리도 시작합시다."

사방에서 풍겨오는 진득한 음식들의 향기에 잠깐 넋을 잃었던 무명은 뺨을 두드리며 정신을 차렸다. 자신의 본분을 망각할 정도의 돼지는 아직 아니었던 것이다.

"끝났는데요?"

"뭐요?"

끝났다는 소윤의 말에 무명은 둥근 접시에 올려진 소반을 바라봤다. 어느 가정집을 찾아가도 맛볼 수 있을 것만 같은 아주 소소한 반찬들과 음식들이 담겨진 소반을 보며 무명이 눈을 지그시 감은 채 소윤의 어깨를 두드려주었다.

"이해하오."

이해한다는 무명의 행동과 말이 민망했는지 소윤이 볼을 붉혔다.

"다 생각이 있어서 그런 거예요. 흠흠!"

"알았소. 소윤의 생각 전부 이해하고 있…소…….."

음식의 끝엔 간을 보는 것이 정석이었기 때문에 숙수들은 자신이 맛을 본 이후 보조 숙수에게도 이를 권했다.

이름난 숙수들의 화려하고 맛난 음식을 맛 본 보조 숙수들은 엄지를 치켜세우며 뛰어난 맛과 숙수의 실력을 칭송했다. 이를 바라보던 무명은 혀로 입술을 핥으며 배를 부여잡았다.

"부럽구만…….."

"제가 만든 음식 맛 좀 보실래요?"

소윤의 질문에 무명이 콧방귀를 꼈다.

"뭐, 소윤이 만든 것이니 맛나지 않겠소?"

화려한 음식들에 눈이 돌아간 듯 무명은 소윤이 만든 소소한 가정식에 눈길조차 주지 않았고, 입도 대려 하지 않았다. 그러자 식칼을 들고 있던 소윤이 무명을 향해 차가운 목소리로 물었다.

"뭐라고요?"

등 뒤에서 느껴지는 짙은 살기에 무명이 뒤를 돌아보았다.

"히익!"

무명이 뒤를 돌아본 그곳엔 무시무시한 기운을 내뿜는 소윤이 식칼을 들고 서 있었다.

"하, 하하! 소윤이 만든 것이라면 흙으로 만든 거라고 해도 먹어봐야 하지 않겠소?"

"그렇죠? 역시 무명이에요."

"하하……."

울며 겨자 먹기로 소반에 담아내고 남은 음식에 젓가락을 가져다 댄 무명은 별 생각 없이 음식을 씹어 먹었다.

얼마 후 무심하게 음식을 먹고 있던 무명의 눈이 동그랗게 변했다.

"음?"

"어때요?"

"맛있소. 상당히 맛있소. 호오… 일반 가정식에서 이런 깊은 맛을 내다니. 소윤의 외모가 음식 솜씨의 반이라도……."

"뭐요!?"

"아, 아니요. 빼어난 미모만큼이나 뛰어난 음식 솜씨라 감탄하고 있었소."

장난스럽게 음식의 맛을 풀어낸 무명이었지만, 실제로도 소윤이 만든 가정식은 상당히 훌륭한 맛을 가지고 있었다. 과하지도 모자라지도 않은 맛을 가진 음식은 젓가락을 멈추지 않게 했다.

"그만 먹어요!"

만약 참다못한 소윤이 무명의 등짝을 때리지 않았다면 소반 위에 올려진 음식들마저 무명의 뱃속으로 들어갔을 것이다.

모든 요리사들에게 주어진 한시진이라는 시간이 끝이 났다. 이름난 숙수부터 소윤과 같은 일반인이 만든 요리들까지 모든 음식들이 작은 그릇에 담겨진 채로 옮겨졌다.

들리는 말에 의하면 심사의 기준은 오로지 주유청의 입맛에 달려 있었고, 결과는 다섯개의 조가 모두 경연을 마친 후에 발표되는 방식이었다.

"후회는 없소?"

"없어요. 이미 제가 할 수 있는 최선을 다했는걸요. 게다가 우승이 목적이 아니었으니까요."

"흠흠. 그나저나 주유성의 모습이 보이지 않는구려. 그를 만나는 게 주 목적이었거늘."

"그러게요."

원래의 목적이었던 주유성은 코빼기도 비추질 않았다.

조급할 만도 했을 텐데 소윤은 꽤나 여유로운 모습으로 숙소 겸 대기실에 들어갔다. 그에 반해 주유성의 모습이 보이지 않자 무명은 곤란하다는 듯 주변을 두리번거렸다.

"지병을 앓고 있는 것도 아닌 듯한데, 문제가 있는 건가?"

참다못해 자리에서 일어난 무명은 어리둥절한 표정으로 자신을 올려다보는 소윤을 향해 결연한 얼굴로 말했다.

"잠시 산보 좀 다녀오겠소."

"그, 그러세요."

중요한 전투를 눈앞에 둔 군사의 그것처럼 결의가 담긴 얼굴로 숙소를 빠져나온 무명은 뒷짐을 진 채 사뿐한 걸음으로 홍환상단을 거닐었다.

요리 경연 대회에 참가한 숙수와 요리사들은 제한된 구역 내에서만 움직일 수 있었지만, 무명은 정해진 구역을 넘어섰다. 지켜보는 눈이 아예 없는 것은 아니었다. 단지 무명의 신형이 그림자가 된 듯 은밀하게 홍환상단을 넘었고, 이를 눈치 챌 수 있는 수준의 무인은 상단 내에 존재하지 않았다.

무명이 홍환상단의 중심부를 향해 은밀히 움직이는 동안 홀로 남겨진 소윤은 콧노래를 흥얼거리며 품에서 작은 수첩을 꺼냈다. 가끔씩 꺼내어 쓰는 소윤의 일기장. 일종의 기록서나 마찬가지였다.

오늘 있었던 일을 대충 기록한 뒤 품속에 일기장을 곱게 집어넣은 소윤을 향해 익숙한 얼굴이 다가왔다.

"경연은 잘 마치셨나요?"

강찬이었다.

"아, 네! 할 수 있는 요리가 별로 없어서 잘했는지는 모르겠지만, 후회는 없어요."

"소저라면 잘 해냈을 것 같네요."

"덕분이에요."

"하하. 저한테 빚지신 겁니다."

익살스러운 말과 함께 웃음기를 띤 강찬의 모습은 뭇 여인들의 마음을 뒤 흔들어놓기에 충분했다. 그건 소윤도 마찬가지였으나 소윤은 단순히 잘생겼다고만 생각할 뿐이었다.

"발표는 삼일 후… 좋은 결과가 있길 바랄게요. 그럼."

밖으로 나가려는 강찬을 배웅하려 소윤이 자리에서 일어섰다. 그런데 급히 일어나려 했기 때문일까, 순간 몸의 균형을 잃은 소윤이 몸을 휘청였다.

"으핫!"

어느새 비틀거리는 소윤의 허리와 어깨를 감싸 안은 강찬이 소윤과 얼굴을 가까이 했다.

"조심하셔야죠."

"아… 고마워요."

소윤을 똑바로 세워준 강찬은 고개를 살짝 숙이며 숙소

를 빠져나갔다.

그때 마침 숙소로 돌아온 무명은 숙소를 빠져나가던 강찬과 마주쳤다.

"음?"

"안녕하세요."

가벼운 고갯짓과 함께 멀어져 가는 강찬의 뒷모습을 잠시동안 응시하던 무명은 꽤나 빠른 걸음으로 숙소로 들어갔다. 그리고 바닥에 앉아 양 볼을 손으로 감싼 채 앉아 있는 소윤을 발견했다.

"무슨 일이라도 있는 거요? 뺨이라도 맞은 듯 볼이 붉소."

"표현을 해도 참. 아무튼 아무 일도 없었어요."

"혹 저 강찬이라는 자가 고백이라도 한거요?"

"그런거 아니에요. 혹시… 질투하는 거예요?"

"만약 소윤을 사랑한다는 잘난 남자가 나타난다면 내 두 팔 벌려 맞이해줄 준비가 되어 있소. 그런 일은 없겠지만."

과장되게 두팔을 벌리는 무명의 모습은 평소처럼 얄밉기 그지없었지만 소윤은 얄밉기보다는 서운한 마음이 더욱 컸다.

이러한 자신의 마음을 깨달은 소윤은 무명을 마주한 얼굴을 홱 돌렸다.

"그나저나 주유성의 모습이 보이지 않구려."

"그러고 보니 그러네요. 어디 아픈게 아닐까요?"

"어쩌면 추미혜라는 여인과 밀회라도 나누고 있는건 아

닐까 싶소."

"그럴 수도 있겠네요. 추미혜가 아무 이유 없이 홍환상
단에 온것은 아닐 테고, 주유성도 아무 이유 없이 모습을
감출 리 없으니……."

다리를 꼬고 앉아 고개를 주억거리던 소윤은 아무래도
좋다는 듯 두손을 뒷목에 가져다 대며 바닥에 드러누웠다.

"괜찮겠소?"

"뭐가요?"

"우리가 이곳에 온 까닭은 어디까지나 주유성을 만나 그
와 친분을 쌓는 거요. 궁극적으로는 그와의 혼인이 목적이
지 않소?"

"추미혜와 만나고 있다면 가능성은 없어요. 구태여 매달
릴 이유도 없고요."

"그럼 돌아가시겠소?"

조심스럽게 입을 연 무명은 평소와는 다르게 머뭇거리며
말했고, 그의 말을 들은 소윤은 자리에 앉으며 의아한 표
정을 지었다.

"무슨 말이에요?"

"결과가 어떻게 나든 우리의 목적은 이룰 수 없는 것이나
마찬가지이지 않소? 그러니 다른 이를 찾아봐야 하니 돌
아가자고 말한 것이오. 시간은 금이고 소윤의 유일한 강
점인 젊음은 언제까지고 소윤을 기다리지 않을 테니 말이
오."

"유일한 강점이라니……!"

다른 강점도 있다고 말하려던 소윤은 더 이상 떠오르는 자신의 장점이 없어 힘없이 고개를 떨어뜨렸다.

"그럼 이제 어디로 가죠?"

"차근차근 알아볼 생각이오."

"그럼 그렇게 해요. 그래도 나름 재미있는 경험이었어요."

기지개를 켜며 자리에서 일어난 소윤은 무명과 함께 홍환상단을 빠져나가려 채비를 갖췄다. 애초에 갖고 있던 짐이 많지 않았기에 금세 떠날 준비를 마친 소윤은 숙소를 빠져나와 홍환상단의 출구를 향해 걸었다.

그때 낯익은 얼굴이 소윤을 향해 빠른 속도로 달려왔다.

"양 소저! 어디가십니까?"

"강 소협?"

급한 일이라도 있는지 허겁지겁 달려온 강찬은 소윤과 무명의 앞을 가로막았다.

"지금 홍환상단 주인 주공유님이 양 소저를 찾고 계십니다."

"네? 저를 왜?"

"그 누구의 음식에도 입을 열지 않았던 주공유님의 둘째 아들이 양 소저의 음식에 처음으로 반응을 보였다고 합니다. 게다가 관심을 보인 것을 넘어서 음식에 손을 댔다고도 하더군요. 물론 많은 양은 아니었지만 말이에요."

예상치 못한 상황에 소윤과 무명이 서로를 바라봤다. 그 어떤 숙수나 요리사도 해내지 못한 일을 소윤이 해낸 것이다.

놀란 표정의 소윤을 내려다보던 무명은 옅은 미소를 지었고, 소윤은 그의 미소에 화답하듯 밝게 웃었다.

"이 때문에 상단주님께서 양 소저를 급히 찾고 계십니다. 그러니 함께 가시죠."

"어떻게 하죠?"

자신을 향해 어떻게 해야 하는지 묻는 소윤의 어깨를 무명이 부드럽게 감싸 쥐었다.

"가봅시다. 소윤의 음식이 꽁꽁 닫혀 있던 주유청의 입을 열었으니, 이번엔 마음을 열 차례요."

처음 느껴보는 성취감에 소윤은 들뜬 얼굴로 강찬을 따라 걸었고, 무명은 소윤의 뒤에서 그녀의 발걸음에 맞춰 걸었다.

행복해하는 소윤과는 달리 무명의 얼굴엔 그림자가 살짝 드리웠다.

그의 시선은 소윤과 강찬이 아닌 홍환상단을 향했다.

"좋지 않은데……."

＊　＊　＊

주공유의 부름에 소윤과 무명이 도착한 곳은 주유청이 머무는 별관이었다. 사내의 처소라고 보기에는 어울리지 않는 꽃들이 가득 피어 있었고, 꽤나 많은 사람들이 주유

266

청을 위해 분주히 움직이는 중이었다. 이를 통해 주유청에 대한 주공유의 사랑을 엿볼 수 있었다.

도저히 열릴 것 같지 않았던 주유청의 입이 드디어 열렸다는 소식에 그동안 모습을 드러내지 않았던 주유성이 마침내 주공유와 함께 나타났다. 그리고 뒤이어 주백람이 강찬과 함께 별관에 들어섰다.

"오오! 왔는가!"

굶주림에 죽어가던 주유청을 입을 열게 한 장본인인 소윤의 등장에 주공유는 금색 장포를 넓게 휘적이며 소윤에게 바짝 다가섰다. 그에 무명은 자신도 모르게 허리춤으로 손을 가져다 댔다.

"자네들도 들어서 알겠지만 다시 설명해주겠네. 우리 유청이가 무슨 이유에서인지 어떤 음식에도 입을 대지 않아 심한 굶주림에 시달리는 중이었네, 이대로 가다간 홍환상단의 둘째 아들이 굶어죽을지도 모르는 상황이었어. 그래서 나는 최후의 방법으로 요리 경연대회를 열어 유청이의 입을 열게 할 요리사를 찾는 중이었네."

"사정은 어느 정도 알고 있었습니다."

공손히 예를 갖추는 소윤을 향해 주공유는 다소 흥분한 모습을 보였다.

"다시 한번 음식을 만들어줄 수 있겠는가?"

"못할 것은 없지만……."

말끝을 흐리는 소윤을 향해 주공유가 고개를 저으며 손

을 마주쳤다.

"사례는 섭섭지 않게 하겠네. 원하는 만큼의 돈이 있다면 말을 해보게나. 모자람 없이 내어주겠네."

"그런게 아니라 제가 만든 음식은 어디서든 볼 수 있는 평범한 가정식이었습니다. 이것은 제 추측일 뿐이지만, 어쩌면 주공유님의 둘째 아드님은 어머님의 음식이 그리웠을지도 모른다는 생각을 했습니다. 그러니, 둘째 아드님이 드셨던 어머님의 음식이 무엇이었는지 알려주실 수 있으십니까?"

떠나간 아내의 얼굴을 떠올리는 걸까. 주공유의 눈이 아련한 빛을 머금었다.

주유청의 입을 열게 할 수 있는 방법이 있다면 그가 망설일 이유 따윈 없었다.

"알려주겠네. 그리하면 유청이의 입을 열 수 있겠는가?"

"제 생각이 맞다면… 가능할 거예요."

"부탁하네."

지금 이 순간만큼은 홍환상단의 상단주가 아닌 두 아들의 아버지로서 주공유는 진심을 다해 소윤을 향해 부탁했다. 그의 진심 어린 마음을 느낄 수 있었던 소윤은 망설이지 않고 내밀어진 주공유의 손을 맞잡았다.

"네."

부탁을 받아드린 소윤과 그의 보조 숙수인 무명은 바쁘

게 움직여야 했다. 식재료를 준비하고 식기들을 깨끗하게 정돈했다.

언제든 요리를 시작할 수 있도록 준비를 마친 소윤은 긴장되어 쿵쾅거리는 가슴을 진정시키며 짧은 심호흡을 했다.

"너무 걱정 마시오. 소윤의 실력은 내가 보증하니."

"무명은 뭐든 잘 먹잖아요?"

"그렇긴 하지만, 소윤의 음식은 특히 맛났소."

"말이라도 고맙네요."

특히 맛있었다는 아무것도 아닌 말이 소윤의 마음을 따스하게 보듬었다.

다른 이들도 아닌 무명의 인정을 받았다는 사실에 기뻐하는 자신을 인정할 수 없었는지 소윤은 뺨을 두어번 때렸다.

'정신 차려. 제발.'

자꾸만 무명에게로 동하는 자신의 마음을 어떻게든 붙잡으려던 소윤에게 주유성이 다가왔다.

"나의 어머니가 생전에 해주셨던 음식들을 적어왔소. 더 필요한 게 있으면 말만 하시오. 얼마든지 준비해주겠소."

"아, 고마워요."

주유성이 내민 종이엔 음식들의 이름들이 적혀 있었다. 그 수가 많지 않았고, 어려운 음식들이 아니었다.

"다행이에요. 그다지 어려운 음식들은 아니니 금방 만들 수 있을 것 같아요."

"그럼 후딱 해치웁시다. 잘하면 경비도 좀 받아갈 수 있을 것 같구려."

"좋아요!"

금전 부족에 시달리던 소윤은 주유성과의 짧은 만남은 신경도 쓰지 못한 채 음식들을 만들기 시작했다.

불이 피어오르고 무명이 썰어놓은 각종 야채들이 뜨겁게 달궈진 불판에 몸을 내던졌다. 그 위로 소윤의 손이 무림 고수의 그것처럼 재빠르게 움직였다.

한 식경 정도의 시간이 지나고 소윤은 총 다섯개의 음식들을 완성시켰다. 이를 지켜보던 주공유는 예상보다 훨씬 뛰어난 소윤의 솜씨에 크게 감탄했고, 언제 와 있었는지 모를 추미혜와 단명은 예상치 못한 소윤의 솜씨에 꽤나 놀란 듯했다.

"완성했습니다."

쑥스럽게 만들어진 음식을 내민 소윤을 향해 주유성이 재빨리 다가갔다.

"고생하셨소."

"아니에요. 모쪼록 동생분의 입맛에 맞았으면 좋겠네요."

"그러게 말입니다."

소윤이 만든 음식들은 둥근 그릇에 보기 좋게 옮겨졌고, 다섯개의 음식들은 곧바로 주유청에게 전해졌다.

처음엔 음식에 대한 거부감으로 인상을 찌푸리던 주유청은 익숙한 향기에 이끌렸는지 자신도 모르게 고개를 돌려 음식들의 향을 맡기 시작했다.

그러던 중 믿기지 않는 일이 벌어졌다.

"헙!"

주공유와 주유성의 눈이 더할 나위 없이 커졌다. 주유청이 침을 삼키더니 스스로 젓가락을 쥐고 음식들을 입에 가져다 대기 시작한 것이다.

한번 시작한 젓가락질은 멈추지 않았고, 이를 지켜보던 소윤은 긴 한숨을 내쉬었다.

"입맛에 맞았나보네요."

"내가 자신을 믿어보라 하지 않았소?"

"고마워요. 믿어줘서."

모든게 완벽했다. 음식은 성공적으로 만들어졌고, 주유청의 입맛을 제대로 공략했다.

굳게 닫혀 있는 철옹성과 같던 주유청의 입을 드디어 뚫어낸 것이다.

그때였다.

누구도 생각지 못한 상황이 벌어진 것은…….

"쿨럭!"

음식을 먹던 주유청이 몸을 벌벌 떨며 먹었던 음식을 토해냄과 동시에 각혈을 토해냈다.

붉은 선혈은 입뿐만이 아니라 콧구멍에서도 흘러내렸고, 놀란 주유성이 몸을 날려 주유청을 부둥켜안았다.

"무, 무슨 일이냐, 유청아!"

놀란 것은 주공유와 주유성 그리고 추미혜뿐만이 아니었다. 음식을 만든 장본인인 소윤은 피를 토하며 쓰러진 주유청을 발견하곤 두눈을 동그랗게 뜨며 몸을 떨었다.

그때 무명이 자신의 커다란 등으로 소윤의 앞을 가로막았다. 그와 동시에 주공유가 피를 토하는 주유청을 앞에 두고 소리쳤다.

"독… 독이다! 당장 저놈들을 붙잡아라!"

주공유의 외침이 끝나기가 무섭게 별관에 모여 있던 홍환상단의 무인들이 칼을 빼어들고 무명과 소윤을 향해 다가왔다.

"무… 무명……."

등에 닿는 소윤의 손가락이 파르르 떨리고 있음을 깨달은 무명은 등을 돌려 소윤의 턱을 살짝 들어올렸다.

소윤의 두눈을 마주한 무명이 부드럽고 강인한 표정으로 말했다.

"잠시 눈을 감고 이곳에서 기다리시오. 곧 돌아올 테니."

말을 마친 무명은 자신을 둘러싼 무인들을 향해 똑바로 걸어갔다. 소윤은 무명이 걱정되어 손을 뻗었지만, 차마 무명을 막을 수는 없었다.

"당장 의원을 불러오라! 당장!"

오열하듯 소리치는 주공유를 향해 무명이 걸었다. 무인들이 칼을 내밀며 무명을 위협했지만, 그는 멈추지 않았다.

그저 똑바로 앞을 향해 걸어갔고, 홍환상단의 무인들은 무명에게서 풍기는 알 수 없는 기운에 꼼짝도 하지 못했다.

"저 많은 무인들이 한명을 막지 못하다니… 이유가 뭐지?"

뒷짐을 진 채 상황을 지켜보던 주백람은 열다섯명의 무인들이 단 한명을 막아서지 못하고 뒷걸음질하는 모습이 웃기고도 의아하여 강찬을 향해 물었다. 그의 질문을 받은 강찬은 야릇하면서도 싸늘한 미소를 지으며 답했다.

"여우들이 호랑이에게 덤비지 않는 것과 같은 이유이지요."

"그게 무슨 말이야?"

"강자를 알아본다는 뜻입니다. 홍환상단의 무인들은 여우 그리고 저 사내는 호랑이."

강찬의 이글거리는 두 눈동자가 무명을 응시했다.

"덤비면 죽는다는 것을… 아는 겁니다."

뚜벅— 뚜벅—

긴 다리로 주유청과 주공유의 앞으로 다가온 무명은 아무 말도 하지 않았다. 그저 주유청이 먹고 있던 음식들을 한데 모을 뿐.

"뭐, 뭣들 하는 것이냐!"

당황한 주공유가 무명을 향해 손짓하는 순간 무명은 여전히 아무 말 없이 소윤이 만든 음식들을 맨손으로 입에 집어넣었다.

우걱― 우걱―

쉬지 않고 음식들을 입안에 집어넣기 시작한 무명은 엄청난 속도로 음식들을 먹어 치웠다. 그 결과 소윤이 만든 다섯개의 음식들은 무명에 의해 게 눈 감추듯 사라졌다.

"후. 역시 소윤의 음씩 솜씨는 상당하구려."

"뭘 하는 것이냐!"

자리에 일어선 주공유가 버럭 성을 내자 무명이 소맷자락으로 입을 닦았다.

"음식들이 남겨진 것이 아까워 내가 먹었소. 문제가 있소?"

"유청이에게 무슨 짓을 한거냐 묻는 게다!"

"무슨 짓을 했냐니? 우린 당신들의 부탁으로 음식을 만들었고, 이를 주유청이란 남아에게 대접했소."

"나랑 장난하자는 건가! 네놈들이 만든 음식 때문에 유청이가 죽어가고 있지 않느냐!"

주유청을 가리키며 성을 내는 주공유를 향해 무명이 팔짱을 끼가 삐딱한 모습으로 섰다.

"그렇담 나도 곧 죽겠군."

"뭐… 뭐?"

"당신의 말마따나 소윤이 만든 음식에 독이 들어 있었다면, 이를 모두 먹어치운 나는 죽어 마땅하지 않겠습니까?"

이번엔 주공유의 입이 막혔다. 무명의 말은 틀린게 없었다. 만약 소윤이 만든 음식에 정말로 독이 들어 있었다면 이를 전부 먹어치운 무명이 독에 중독되지 않을 리 없었다. 그러나 음식을 모두 먹어치운 무명은 아무렇지 않은 듯 서 있었다.

"네, 네놈들이 아니면 누가 유청이에게 독을 먹인단 말이냐!"

"홍환상단의 상단주라고 하여 영민한 줄 알았더니 이거야 원… 헛똑똑이구려. 보시오. 살수가 자신을 드러내어 독을 사용한다? 주유청이라는 남아를 죽이는 일쯤이야 일류 살수라면 눈 감고도 할 수 있는 일이오. 그런데 살수라는 자가 스스로 모습을 드러내 위험을 자초한다는 것은 있을 수 없는 일이오."

"그렇담 누가 유청이를 이리 만든 거란 말이야!"

"그건 이제부터 당신이 알아내야지 초일류 낭인이라 할 수 있는 내가 한가지 조언을 해주겠소."

자신을 초일류 낭인이라 소개한 무명이 주공유를 향해 작은 목소리로 속삭였다.

"주유청을 죽임으로써 이득을 취할 수 있는 자가 누구인지 잘 판단하시오. 그들이 노리는 주 목표는 아무것도 가진게 없는 주유청만이 아닐 테니."

말을 마치고 미련 없이 돌아선 무명은 홀로 서 있는 소윤을 향해 다가갔다.

"괜찮소?"

"어떻게… 된 거예요?"

"아무래도 살수가 있는 것 같소. 우리와는 관계없는 일이니 걱정할 것 없소. 그럼 갑시다."

무명이 소윤을 데리고 별관을 빠져나가려 하자 주공유가 손을 들어올렸다.

"멈추거라."

멈추라는 주공유의 외침에 무명이 얼굴을 굳힌 채 그를 바라봤다.

"비록 자네들이 흉수가 아니라고 해도 유력한 범인이라 할 수 있는건 자네들밖에 없네. 그러니, 사건이 끝나기 전까진 홍환상단을 떠날 수 없네."

떠나지 말라는 주공유의 경고에 무명이 참을 수 없다는 듯 허리춤에 손을 가져다 댔다. 그러자 소윤이 급히 손을 뻗어 무명의 손에 자신의 손을 포갰다.

손등에 닿는 따스한 감촉에 무명이 고개를 돌려 소윤을 마주했다.

눈을 맞춘 소윤은 고개를 저었고, 그녀의 뜻을 알아차린 무명은 할 수 없이 검 손잡이에 올려두었던 손을 내려야 했다.

뒤이어 홍환상단의 무인들이 무명과 소윤을 에워쌌다.

* * *

주유청은 홍환상단에서 급히 불러들인 의원에 의해 진료

를 받았다. 하지만 독의 종류나 정체를 알아내지 못한 의원들은 손을 쓰지 못했고, 상황은 점점 악화되었다.

한편, 홍환상단의 안채에 가둬진 소윤은 두 무릎을 끌어당겨 얼굴을 파묻었다. 자신의 잘못이 아님에도 자신이 만든 음식을 먹고 피를 토해내던 주유청의 모습을 잊을 수가 없었다. 그나마 마음의 위안이 된것은 자신이 만든 음식을 무명이 모조리 먹어치움으로써 독이 없음을 증명한 거였다.

"잠시 뒷간에 좀 다녀오겠소."

소윤에게 등을 돌리고 앉아 있던 무명이 자리에 일어섰다. 그러자 소윤은 말없이 고개를 끄덕였다.

뒷간에 간다던 무명이 안채를 지키던 무인들과 몇 마디를 나눈 후 자리를 떠나자 소윤은 착잡한 얼굴로 긴 한숨을 내쉬었다.

"하아아⋯⋯."

머리를 쓸어 올리며 고통스러운 얼굴로 입술을 깨물던 소윤은 무명이 앉아 있던 자리를 바라봤다.

만약 그마저도 없었다면 소윤은 이 상황을 견딜 수 없었을 것이다. 애초에 독이 없음을 증명하고 소윤을 지켜준 것 역시 무명이었다.

그의 빈자리가 유독 크게 느껴지던 소윤은 자신도 모르게 무명이 앉아 있던 자리로 다가갔다.

"빨리 와⋯⋯."

빨리 오라 중얼거리던 소윤은 바닥을 적신 붉은 점 하나를 발견했다.

"이건……."

소윤의 손끝이 다시 한번 떨려왔다.

* * *

"아무래도 홍환상단을 떠나야 할 것 같습니다."

"무슨 의미야?"

이미 전부 알고 있는 것 같음에도 추미혜는 굳이 물었고,
단명은 솔직히 말했다.

"양 소저께서 독을 썼을 리는 없으니 주유청… 혹은 홍
환상단을 노리는 흉수가 따로 있을 가능성이 높습니다. 그
들이 노리는 게 무엇이든지 아가씨의 신변이 위험해질 수
도 있습니다."

"흐음… 그런데 왜 양소윤을 이용했을까?"

"이목을 양 소저에게로 집중시키고 일을 마무리 지으려
는 속셈일 수도 있습니다."

"아무래도 나가야겠지?"

"예."

호위무사로서 고용주의 목숨보다 중요한 것은 없었으니
단명은 추미혜와 함께 홍환상단을 나가려 문을 열었다. 그
런데 문을 연 그곳엔 의외의 인물이 서 있었다.

"무명?"

무명을 발견한 추미혜가 어리둥절한 표정을 지었다. 분명히 소윤과 무명은 홍환상단의 안채에 구금되어 있다고 들었다. 그런데 구금되어 있어야 할 무명이 자신들의 앞에 모습을 드러낸 것이다.

"추홍상단의 여식인 추 소저께서 홍환상단에는 놀러 오신게 아닐 테고… 이유가 있지 않겠소?"

"그야 놀러온 것은 아니죠. 그런데… 그건 왜 묻는 거죠?"

"추 소저에게 기회를 드리려고 왔소."

"기회?"

심상치 않은 무명의 모습에 단명은 저도 모르게 검을 쥐었다.

"홍환상단이 추 소저에게 빚을 지게 만들어주겠소. 그러면 추홍상단에게도 이득이 되지 않겠소?"

"흐음. 나쁘지 않은 얘기지만 어떻게 빚을 지게 만들주겠다는 거죠?"

"주유청을 살릴 수 있는 기회와 더불어… 초일류 낭인인…….."

"네?"

"나를 살릴 수 있는 기회를 드리겠소."

"뭐라고요?"

말을 마친 무명의 입에서 핏물이 주르륵 흘러내렸다. 이를 보고 놀란 추미혜가 뒷걸음질했고, 그녀의 앞을 단명이 막아섰다.

"서, 설마 독에 중독되신 거예요?"

"설마가 맞소. 이 독은 살문에서 쓰이는 삼일절명독(三日絕命毒)이요. 중독되면 반드시 삼일 내에 죽음을 맞이한다는 아주 위험한 독이라 할 수 있소."

"그럼 주유청은 물론이고, 당신도 삼일 내에 죽는다는 거예요?"

"맞소. 그러니 시간이 없소. 내가 해독제를 만들 수 있는 재료들을 알고 있으나 구하기가 번거롭소. 하지만 추 소저는 산서를 대표하는 상단의 여식이니 구하지 못할 것도 없을 거요."

삼일 내에 죽는다는 얘기를 아무렇지 않게 꺼내는 무명을 질렸다는 표정으로 바라보던 추미혜는 이해가 안 된다는 듯한 얼굴로 물었다.

"여기는 추홍상단만큼이나 커다란 홍환상단이에요. 차라리 이곳에서 구하는 게 낫지 않아요? 시간으로나 안전함으로나……."

"이번 사건은 홍환상단 내부인의 소행일 가능성이 크니 홍환상단 내부에서 해독제를 구하는 건 너무 위험하오. 게다가 남은 시간은 삼일 뿐이니… 그러니 부탁드리겠소."

"알았어요. 구해볼게요."

"아가씨!"

"성공한다면 홍환상단이 내게 빚을 지는 셈이고, 실패

한다고 해도 나는 손해 볼것이 전혀 없으니 마다할 이유가
없네요."

"과연 추홍상단주의 여식답소."

추미혜는 아름다운 외모와 매혹적인 몸매만을 가지고 있는
여인이 아니었다. 어릴 적부터 상단주인 아버지 아래에서 자
라왔기 때문에 수에 능했고, 실리를 계산하는 것에 밝았다.

성공하면 큰 이득을 취할 수 있고, 실패해도 손해 볼게
없었으니 추미혜는 마다할 이유가 없었다.

"그나저나 독이 있는걸 알면서도 음식들을 모두 먹은 거
예요?"

"소윤이 성격과는 맞지 않는 요리 솜씨를 갖고 있소. 꽤
맛나더이다."

"하… 어쨌든 삼일 내에 구한다는 보장은 없어요. 그러
니 너무 믿지 마세요."

"기대하리다. 그럼 이만… 뒷간에 간다고 말하고 나온
거라 너무 늦으면 안 될 것 같으니."

무명이 부리나케 달려가자 그의 뒷모습을 지켜보던 추미
혜는 검지로 자신의 팔뚝을 톡톡 건드렸다.

수를 계산할 때 보이는 그녀만의 습관이었다.

"보면 볼수록 탐난단 말이지. 어떻게 생각해?"

"너무 가까이 하지 않는게 좋을 것 같습니다."

"이유는?"

"살문의 독을 알고 있으며 살수들의 특성도 정확히 꿰고

있는 자입니다. 게다가 홍환상단이 무가(武家)가 아님에
도 지키고 있는 무인들의 수는 꽤나 많습니다. 그런 곳을
아무렇지 않게 지나왔다는 것은 저자가 평범한 낭인이 아
니라는 뜻입니다."

"그럼 저 무명이라는 남자가 보통 수준의 무인이 아니라
는 거지? 흐음. 그런 말을 들으니 더욱 탐나잖아. 살문의
독과 살수의 특성을 꿰뚫고 있는 지식과 고용주를 보호하
려는 희생 정신, 거대 상단을 정면으로 마주하여 대항하는
대담함… 소윤은 어디서 저런 호위무사를 구한 거지?"

*　*　*

"아, 늦어서 미안하오. 이게 도통 멈추질 않아서……."

"무명!"

돌아온 무명에게로 달려간 소윤이 걱정이 가득한 눈길로
무명을 올려다보았다.

눈물이 그렁그렁 맺힌 소윤의 커다란 눈망울을 바라보며
무명이 어리둥절한 표정을 지었다.

"뭐 하시오?"

"사실대로 말해봐요."

"아, 알아버렸소?"

"왜 진즉에 말하지 않았어요!"

"이걸 어떻게 말한단 말이오? 당신의 호위무사가 코를

파다 코피가 났다는 걸 어찌 말한단 말이오? 나같은 초일
류 낭인이 말이오."

"뭐, 뭐라고요?"

코를 훌쩍이던 무명의 콧구멍에서 피가 주르륵 흘렀고,
이를 눈치챈 무명이 소맷자락을 찢어 코를 틀어막았다.

"도통 멈추질 않소. 손가락을 너무 깊숙이 찌른 모양이오."

"코피…였다고요?"

"그렇소. 사람이 코피가 날 수도 있는 거지 그렇게 무안
을 주면 어떡하오?"

"나는… 나는 무명이… 하아아."

제자리에 주저앉는 소윤을 향해 무명이 걱정스럽게 손을
뻗었다.

"무슨 일 있었소?"

"아니에요. 긴장이 풀려서 그래요. 저도 잠시 나갔다 올
게요. 바람 좀 쐬야겠어요."

"조심히 다녀오시오. 내가 필요하면 언제든 호각을 부르
시오."

자신에 목에 달린 호각을 들어 보이는 무명을 향해 소윤
이 고개를 끄덕이며 호각을 쥐었다.

"알았어요."

비틀거리며 일어선 소윤이 힘없는 발걸음으로 바람을 쐬
러 나가고, 홀로 남겨진 무명은 의자에 걸터앉아 코를 막
고 있던 천 조각을 꺼냈다.

콧구멍에서 흐르던 피는 이제 더 이상 흐르지 않았다.

무심한 눈길로 천조각을 밖에 버린 무명은 빛이 닿지 않는 구석진 곳을 바라보며 중얼거렸다.

"살문이 홍환상단 둘째 아들의 목숨을 노리는 이유는 뭐지?"

"정확히 말하자면 살문이 아니라… 제가 노리는 거죠."

상당히 야릇하고 유혹적인 여인의 목소리가 방을 울렸다. 그와 동시에 어둠속에서 모습을 드러낸 여인은 육감적인 몸매를 훤히 드러내는 아주 얇은 면사만을 입고 무명을 향해 다가왔다.

보통의 남자들이었다면 얇은 면사사이로 드러나는 여인의 몸에서 눈을 떼지 못했겠지만, 무명은 차게 식은 눈동자로 여인의 눈을 마주할 뿐이었다.

"천면독수(千面毒手)."

천의 얼굴을 가진 독수(毒手). 그 혹은 그녀의 진짜 얼굴을 본 자는 아무도 없다고 알려져 있으며 독에 대해서는 사천당문의 수준을 뛰어넘었다고도 알려진 살문의 살수였다.

그 혹은 그녀의 얼굴은 매번 변화했기에 천면독수는 그 누구도 아니었고, 그 누구도 될 수 있었다. 때문에 무림에서 가장 두려워하는 살문의 살수 중에서 천면독수의 이름이 빠지는 일은 존재하지 않았다.

"오랜만이에요. 귀살검(鬼殺劍). 귀신조차 죽음을 피할 수 없다 하여 귀살검이라 불리던 당신이 어쩌다 저런 형편없는

여인의 호위무사가 된거죠? 그녀를 위해 기꺼이 삼일절명독
에 중독되시고… 소녀는 이 상황이 믿을 수가 없네요."

"어디까지 개입하는 거지?"

"그건 왜 묻는 거죠? 알고 계실 테지만 각자의 임무는 관
여하지 않는 것이 관례 아닌가요?"

"널 죽여야 할지 말아야 할지 결정해야 하거든."

손으로 입을 가린 채 웃던 여인의 눈매가 고혹적으로 휘
었다.

"아쉽게도 제 역할은 여기까지예요. 그 이후는 소녀가
개입하지 않는답니다."

"다행이군. 안 그래도 네가 소윤을 이용하려 해서 죽여
야 하나 고민하고 있었거든."

"어머. 소윤이라는 여인이 오랜 세월을 함께해온 저보다
소중하다는 건가요?"

"알아들었으면 돌아가. 다신 내 앞에 나타나지 말고."

여인은 대답하지 않았다. 대신 손을 들어 무명의 가슴을
부드럽게 쓸어내렸다. 그러자 정신을 아찔하게 할 만큼 자
극적인 향이 무명의 코를 찔렀다.

"저 여인은 당신이 품기엔 너무 밝아요."

"네가 신경 쓸 문제는 아니야."

"명심하세요."

붉은 여인의 입술이 무명의 귓가에 닿았다.

"그림자가 어둠을 벗어나는 순간은 죽음뿐이라는 것

을… 그러니 너무 티내지 마세요. 당신을 죽이고 싶지 않 거든요."

뜨거운 여인의 숨결이 무명의 귀를 간질이는 순간 여인 의 모습이 감쪽같이 사라졌다.

뒤이어 문이 벌컥 열리며 소윤이 나타났다.

그녀는 양손으로 자신의 양팔을 부여잡은 채 몸을 떨었다.

"가을이라서 그런지 저녁엔 좀 쌀쌀하네요."

"와서 손이나 좀 녹이시오."

"그래야겠어요."

침상으로 다가간 소윤을 위해 자리를 마련한 무명은 이 불 속에 몸을 밀어 넣고 손을 말리는 소윤을 향해 미소를 지었다.

따스한 감촉이 좋았는지 힘든 상황 속에서도 밝게 웃어 보이는 소윤의 모습은 천면독수라 일컬어지는 여인의 마 지막 경고를 떠올리게 했다.

'저 여인은 당신이 품기엔 너무 밝아요. 그림자가 어둠을 벗어나는 순간은 죽음뿐이라는 것을…….'

뇌리에 박혀 잊히지 않는 그녀의 말.

"알고 있어."

"뭐라고 했어요?"

낮게 중얼거리던 무명을 향해 소윤이 이불 속에서 몸을 둥글게 만 채 묻자 무명이 그녀를 옆으로 굴렸다.

"그러고 있으니 살찐 돼지 같다 했소."

"뭐라고요!"

격분한 소윤이 무명을 응징하려 두팔을 빼내려 했지만, 이불에 말린 팔은 도무지 빠질 기미를 보이지 않았다.

"팔 좀 빼줘요."

"내가 왜 그래야 한단 말이오? 빼주면 때릴것 아니오?"

"안 때릴 테니 빼줘요!"

"싫소. 이리 보니 소윤의 모습이 꼭 굼벵이 같은게 두고 두고 볼 필요가 있소. 힘들 때마다 떠올리면 좋은 볼거리가 될 것 같으니."

"야! 무명!"

성난 소윤의 외침에도 무명은 그녀를 이리저리 건들며 장난을 쳤다.

물론, 얼마 뒤 스스로 만든 감옥에서 기어코 빠져나온 소윤은 거침없는 손길로 무명의 등짝에 선명한 손자국을 두어개 만들고 말았다.

* * *

"제가 받은 의뢰는 여기까지입니다. 나머지는 알아서 하십시오."

"잘 해주었네. 그나저나 그 무명이라는 사내가 마음에 걸리는군⋯ 보수를 더 얹어줄 터이니 그 무명이라는 남자를 죽여줄 수 있겠는가?"

"싫습니다."

"뭣이?"

자신의 의뢰를 거절할 줄은 몰랐던 주백람이 인상을 찡그리며 다리를 꼰 채 앉아 있는 강찬을 노려보았다.

이글거리는 주백람의 시선에도 강찬은 여유로웠다.

"이대로 무명이란 남자가 죽으면 어떻게 되겠습니까? '알고 보니 흉수가 따로 있었구나'라고 생각하고 흉수를 찾으려 하지 않겠습니까? 뭐, 당신은 의심받을 리 없겠지만 제 입장이 난처해지거든요."

"듣고 보니 틀린 말은 아니군."

"그럼 저는 이만 돌아가겠습니다."

"그리하게."

강찬이 물러가고 홀로 남겨진 주백람은 자리에서 일어나 창가로 걸어갔다. 밝은 등불로 환히 비추는 홍환상단의 거대한 위용은 실로 어마어마했다.

등불에 비춰진 주백람의 눈동자엔 욕망이 불꽃처럼 일렁였다.

똑─ 똑─

문을 두드리는 소리와 함께 한 여인이 모습을 드러냈다. 칠흑같이 어두운색의 머리카락과 표독스러운 눈매를 가진 여인.

"소식은 전해 들었습니다. 주유청이 독에 중독되어 사경을 헤매고 있다죠."

"굳이 유청이에게 독을 먹인 이유가 무엇이오?"

"호오. 숙부로써의 책임감이라도 생긴 모양이죠?"

"그런게 아니라 차라리 주공유를 노렸다면 더욱 확실했을 텐데."

"그 사람도 자신의 소중한 것을 잃는 고통을 맛보게 하고 싶었어요. 내게 했던 것처럼… 내가 받았던 고통을 그 사람도 받길 원했거든요."

이해했다는 듯 주백람이 고개를 끄덕였다.

"준비는 어느 정도 되었소?"

주백람이 탁자에 놓인 술잔에 술을 따른 뒤 여인에게 건넸다.

"제 무사들은 모두 준비가 되었습니다. 언제든 명령만 내리면 홍환상단을 뒤엎을 수 있죠. 하지만 그 선에 주공유에게 최고의 고통을 선사할 예정이에요. 자신의 자식이 눈앞에서 죽어가는 데도 부모라는 자는 아무것도 할 수 없으니 이것만큼 슬픈 고통은 없을 테죠."

술잔을 받아 단숨에 술을 들이켠 여인의 눈동자에 살의가 일렁였다.

"주공유…….."

여인의 시선이 주유청과 주공유가 함께 있는 홍환상단의 의원실로 향했다.

* * *

"기별은 넣었고 재료들도 구하기 어렵지 않아 보였으니 빠르면 이틀 내로 도착할 테지만, 시간이 아슬아슬 하겠어요."

추홍상단으로 기별을 넣은 추미혜는 홍환상단 근처 객잔에 방을 잡았고, 무명은 이를 어떻게 알았는지 늦은 저녁에 추미혜를 찾아왔다. 그의 등장에 놀란 추미혜는 하마터면 비명을 지를 뻔했다. 무명이 손을 뻗어 그녀의 입을 급히 틀어막아 겨우 소란을 모면할 수 있었다.

"이틀이라 아슬아슬하구려."

무명의 왼손에는 선명한 이빨자국이 새겨져 있었다. 그는 손을 들어 붉게 부어오른 왼손을 쓰다듬었다.

"흠흠. 그건 당신 잘못이에요."

"기별을 넣지 않고 온것은 내 잘못이니 탓하지는 않겠소."

"당연하죠. 이 늦은 저녁에 처녀의 방을 함부로 들어온 걸 한번 물린 걸로 끝냈으니 다행이라 할 수 있죠. 게다가 제게 물리고 싶어 하는 남자들이 적지 않아요."

자신감 넘치는 추미혜의 말에 무명이 미간을 찌푸렸다.

"그런 남자들이 있단 말이요? 참……."

"뭐, 세상엔 여러 취향이 있으니까요. 그나저나 이렇게 막 돌아다녀도 되는 거예요? 소윤은?"

"금방 돌아갈 생각이오. 그리고 소윤은 따로 지키는 자가 있으니 걱정할 것 없소."

"소윤에게 호위무사가 한명 더 있다는 말이에요?"

"임시지만 그렇소."

"임시?"

* * *

"왜 여기 계신 거예요?"

늦은 저녁. 잠에서 깬 소윤은 자신의 곁을 지키고 있는 한 여인을 발견하곤 깜짝 놀란 듯 눈을 동그랗게 떴다. 그러자 매혹적인 미소를 가진 여인이 소윤의 어깨를 붙잡아 그녀를 부드럽게 눕혔다.

"무, 무명은요?"

"그분은 잠시 나가셨어요. 저는 홍환상단에서 손객들을 맞이하는 일을 하고 있는 사람입니다. 무명님께서 소저가 혼자 계시면 무서워하신다고 제게 함께 있어달라고 하셔서 이곳에 있는 겁니다."

"그렇…군요."

추미혜만큼이나 아름답고 고혹적인 여인이 자신의 옆에 앉아 부담스러울 정도로 환한 미소를 짓고 있자 소윤은 부담스러워 미칠 지경이었다.

자신을 무겁게 짓누르는 부담감에서 도망치기 위하여 소윤은 두눈을 감아야 했다.

이부자리에 누운 소윤이 눈을 질끈 감자 고개를 돌린 여인은 소리 없이 한숨을 내쉬었다.

'내게 이런 일을 시키다니… 역시 배짱 하나는 알아줘야 한다니까, 귀살검.'

반시진 전. 의뢰를 마치고 홍환상단을 빠져나가려던 강찬의 앞에 무명이 나타났다.

"잠시 부탁 좀 들어줘야겠다."

"제게 말입니까?"

강찬이 어깨를 으쓱이며 물었고, 무명은 고개를 끄덕이며 안채를 향해 손가락질했다.

"잠시 나갔다 올 테니 소윤을 봐줘. 혼자 있는걸 싫어하니까 내가 없는걸 알아차리면 무서워할 거야."

"제가 그 여인에게 아무 짓도 안 할거라… 확신하십니까?"

"응. 소윤을 건들면 넌 내 손에 죽을 테니까."

다소 무식해보이지만 확실한 효과를 가진 경고였다. 강찬은 인정할 수밖에 없었다. 무명이라 불리는 이 남자는 자신이 손도 댈 수 없을 만큼 강한 남자였다.

"죄송하지만 저는 의뢰를 받아 살아가는 살수입니다."

"돈은 없어. 있어도 안 줄거고."

"그럼 받아드릴 수 없겠네요."

"유운검은 잘 있고?"

"받아드리죠."

반 시진 전, 자신에게 일어난 일련의 사건들을 쭉 되짚어

보던 여인은 고개를 돌려 이불을 머리끝까지 뒤집어쓰고
있는 소윤을 바라봤다.

그녀의 행동이 귀엽게 느껴지긴 했지만, 한편으로는 살
의가 동했다.

'글쎄… 당신에게 뭐가 있기에 귀살검이 당신을 위해 움
직이는 걸까. 그 남자가…….'

복잡한 눈으로 소윤을 내려다보던 여인은 자리에서 일어
나 고개를 숙였다.

"부탁하신 대로 함께 있어드렸습니다. 그런데 제가 있어
부담스러워하시는 것 같더군요."

"수고했소. 돌아가도 좋소."

"그럼."

목례를 한 후 여인이 방을 빠져나갔고, 무명은 옆에 앉아
머리끝까지 이불을 뒤집어쓰고 있는 소윤을 바라봤다.

"안 자고 있는것 알고 있소."

"어떻게 알았어요?"

이불을 젖혀 얼굴을 삐죽 내민 소윤이 정말로 궁금하다
는 듯 물었다.

"숨소리가 불규칙하고 내 목소리를 듣자 몸을 움찔하지
않았소?"

"맞…아요. 그나저나 호위무사라면서 왜 자꾸 자리를 비
우는 거예요."

"아무래도 아까 너무 급하게 먹은 모양이요. 속이 자꾸

부글거리는 것이……."

속이 부글거린다는 얘기에 소윤이 튕겨나가듯 상체를 들어올렸다. 그녀의 눈엔 걱정이 가득했다.

자신을 걱정하는 눈빛.

"속은 괜찮아요? 약이라도 달라고 해볼까요?"

자신을 걱정하는 말투.

"손 좀 주세요."

자신을 걱정하는 손짓.

커다란 자신의 손보다 훨씬 자그마한 손가락으로 손을 주무르는 소윤을 내려다보며 무명은 천천히 눈을 감았다.

낯선 눈빛, 낯선 말투, 낯선 손짓.

모두가 자신에겐 낯선 것들이었다. 그럼에도 싫지 않았다.

살수는 이름이 없다. 얼굴도 알려지지 않는다.

그들은 이름이 아닌 별호로 불린다. 천면독수와 귀살검이 그들의 이름이었다.

그들은 존재하되 존재하지 않는 사람들이다.

태어났음에도 존재를 인정받지 못한 사람들이다.

그들의 이름은 살수요.

무명의 이름은,

귀살검이었다.

"나는 괜찮소."

그래서.

"괜찮아요?"

손을 빼야 했다. 따스해서 언제까지고 잡고 있고 싶은 그 손으로부터 멀어져야 했다. 대신 품에서 짧은 단도를 꺼낸 무명은 이를 소윤에게 건넸다.

"이건 뭐에요?"

"단도요. 길이는 다소 짧지만 가슴을 정확히 찌르면 심장을 꿰뚫을 수 있는 길이요."

"이, 이런걸 왜 줘요!?"

"내가 없을 때……."

혹은 당신이 나를.

"소윤의 몸을 보호하기 위함이요."

죽여야 할 때를 위함이요.

〈다음 권에 계속〉

어울림 BOOKS 신인 작가 대모집!

어울림 출판사는 무한한 상상력과 뜨거운 열정을 가진 작가 여러분을 기다리고 있습니다.

창작에 대한 열의가 위대한 작품으로 꽃피울 수 있도록 저희 어울림 출판사가 여러분의 힘이 돼 드리겠습니다.

지금 도전하십시오!

모집 분야 : 판타지, 역사, 무협, 로맨스 등

모집 대상 : 아마추어, 인터넷 작가등 열정을 가진 모든 작가

모집 기한 : 수시 모집

작품 접수 방법 : 당사 네이버 카페 또는 이메일을 이용해 주십시오.

파일 형식은 제한이 없으나 원활한 원고 검토를 위해 '.HWP' 형식으로 보내주시고, 파일에 연락처도 함께 기재해주시면 됩니다.

채택된 작품은 정식 계약을 통해 출판물로 간행됩니다.
간행된 출판물은 당사의 유통망을 이용하여 전국 서점으로 배포됩니다.
※ 문의 사항은 네이버 카페(http://cafe.naver.com/oulim0120)를 이용하시기 바랍니다.

경기도 고양시 일산동구 장항동 731 동하넥서스빌딩 307호
어울림 출판사 신인 작가 담당자 앞
전화 031) 919-0122 / **E-mail** 5ullim@daum.net